U0118050

〔俄〕丘特切夫　著

穆旦　译

岁月的浮影

穆旦译
丘特切夫

人民文学出版社

图书在版编目（CIP）数据

岁月的浮影：穆旦译丘特切夫 /（俄罗斯）丘特切夫著；
穆旦译 .-- 北京：人民文学出版社，2023
ISBN 978－7－02－017895－7

Ⅰ.①岁 … Ⅱ.①丘 … ②穆 … Ⅲ.①诗集－俄罗斯－
近代 Ⅳ.① I512.24

中国国家版本馆 CIP 数据核字（2023）第 065394 号

责任编辑　**李丹丹**
装帧设计　**李思安**
责任印制　**苏文强**

出版发行　**人民文学出版社**
社　　址　**北京市朝内大街166号**
邮政编码　**100705**

印　　刷　**北京盛通印刷股份有限公司**
经　　销　**全国新华书店等**

字　　数　**76千字**
开　　本　**787毫米×1092毫米　1/32**
印　　张　**8　插页3**
印　　数　**1—3000**
版　　次　**2023年10月北京第1版**
印　　次　**2023年10月第1次印刷**

书　　号　**978-7-02-017895-7**
定　　价　**68.00元**

丘特切夫像

作者简介

丘特切夫（1803—1873）

出生于俄国奥廖尔省奥夫斯图格村一个贵族家庭，1821年毕业于莫斯科大学，后供职于外交部。丘特切夫的诗以歌咏自然、抒发性情、阐扬哲理见长，艺术手法有鲜明的独创性。丘特切夫被称为"诗人的诗人"，曾受到屠格涅夫、陀思妥耶夫斯基、列夫·托尔斯泰等大家的赞赏。

译者简介

穆旦（1918—1977）

原名查良铮，著名诗人、翻译家。出生于天津，祖籍浙江省海宁市袁花镇，曾自费赴美攻读英美文学和俄罗斯文学。他是"九叶诗派"的代表诗人，诗风富于象征寓意和心灵思辨。二十世纪五十年代起，他停止诗歌创作而倾毕生之力从事外国诗歌翻译，译有多部英美及俄罗斯诗歌作品，这些译本在当时的外国文学界均产生了较大的影响。

目 录

泪   1

黄 昏   3

日 午   4

春 雷   5

夏 晚   7

"快乐的白天还在沸腾"   9

不眠夜   11

天 鹅   13

山中的清晨   14

雪 山   15

"好似海洋环绕着地面"   17

海 驹   18

"在这儿,只有死寂的苍天"   20

恬 静   21

漂泊者   22

疯　狂　　　　　　　　　　　　　　　　24

"我驱车驰过利旺尼亚的平原"　　　　　26

"松软的沙子深可没膝……"　　　　　　28

秋天的黄昏　　　　　　　　　　　　　29

树　叶　　　　　　　　　　　　　　　30

阿尔卑斯　　　　　　　　　　　　　　32

"对于我，这难忘的一天"　　　　　　　34

病毒的空气　　　　　　　　　　　　　35

西塞罗　　　　　　　　　　　　　　　37

"好似把一卷稿纸放在"　　　　　　　　39

春　水　　　　　　　　　　　　　　　40

沉默吧！　　　　　　　　　　　　　　41

"在人类这株高大的树上"　　　　　　　43

给 ——　　　　　　　　　　　　　　　45

"从山顶滚下的石头待在山坳"　　　　　46

行吟诗人的竖琴　　　　　　　　　　　47

"啊，我记得那黄金的时刻"　　　　　　48

海上的梦　　　　　　　　　　　　　　50

"不，大地母亲啊"　　　　　　　　　　52

"被蓝色夜晚的恬静所笼罩"　　　　　　54

"在郁闷空气的寂静中"　　　　　　　　56

"杨柳啊，为什么你如此痴心"　　　　　58

"是幽深的夜，凄雨飘零……"　　　　59

"灰蓝色的影子溶和了"　　　　　　60

"啊，多么荒凉的山林峭壁！"　　　　62

"从林中草地，白鸢一跃"　　　　　63

"紫色的葡萄垂满山坡"　　　　　　64

"河流迂缓了，水面不再晶莹"　　　　66

"午夜的大风啊，你在哀号什么？"　　68

"我的心愿意做一颗星"　　　　　　70

"我的心是一群幽灵的乐土 ——"　　71

"我独自默坐"　　　　　　　　　72

"冬天这房客已经到期"　　　　　　74

喷　　泉　　　　　　　　　　　76

"山谷里的雪灿烂耀目"　　　　　　78

"大地还是满目凄凉"　　　　　　　79

"我的朋友，我爱看你的眼睛"　　　81

"昨夜，在醉人的梦幻里"　　　　　82

一八三七年一月二十九日　　　　　84

一八三七年十二月一日　　　　　　86

"曾几何时，啊，幸福的南方"　　　88

春　　　　　　　　　　　　　91

日与夜　　　　　　　　　　　94

"少女啊，别相信，别相信诗人"　　96

3

"我站在涅瓦河上，遥望着"　　　98

"我还被思念的痛苦所折磨"　　　100

给一个俄罗斯女人　　　101

"庄严的夜从地平线上升起"　　　102

"太阳怯懦地望了一望"　　　104

"静静的夜晚，已不是盛夏"　　　106

"在戎人的忧思中，一切令人生厌"　　　107

"在深蓝的海水的平原上"　　　108

"我又看到了你的眼睛"　　　110

"世人的眼泪，啊，世人的眼泪！"　　　112

诗　　　113

罗马夜色　　　114

"宴会终了，歌声沉寂"　　　115

"请看那在夏日流火的天空下"　　　117

在涅瓦河上　　　119

"阴霾的天空吹起了风"　　　121

"凋残的树林凄清、悒郁"　　　122

"尽管炎热的正午"　　　124

两个声音　　　126

"看哪，在广阔的河面上"　　　128

新　绿　　　130

"你不止一次听我承认"　　　132

波浪和思想 134

"七月的夜毫无凉意" 135

"黄昏冉冉而来，夜临近了" 136

"夏天的风暴是多么快活！" 138

"我们的爱情是多么毁人！" 140

命 数 143

"别再让我羞愧吧：我承认你的指责！" 144

"你怀着爱情向它祈祷" 145

"我见过一双眼睛 —— 啊，那眼睛！" 146

孪生子 148

"哦，我的大海的波浪呀" 150

"午日当空，河水亮闪闪" 152

"树林被冬天这女巫" 153

最后的爱情 155

一八五四年的夏天 156

"这一条电线的铁丝" 157

"穷困的乡村，枯索的自然" 159

"在生活中有一些瞬息" 160

"初秋有一段奇异的时节" 162

"炙热的阳光溢满树丛" 163

"她坐在地板上，面对着" 164

"皇村花园的暮秋景色" 166

归　途　　　　　　　　　　　　　　168

腊月的破晓　　　　　　　　　171

"尽管我在山谷中营着巢"　　　172

"我认识她时，还是当她"　　　174

"嬉笑吧，趁这时在你头上"　　176

"好似在夏日，有时候小鸟"　　178

"北风息了……日内瓦湖上的"　181

"哦，尼斯！这南国明媚的风光！……"　183

"一整天她昏迷无知地躺着"　　184

"夜晚的海洋啊，你是多么美——"　186

"不管她怎样爱着，怎样痛苦"　188

"在我的痛苦淤积的岁月中"　　189

"在海浪的咆哮里有一种节拍"　191

"东方在迟疑，沉默，毫无动静"　193

"在那潮湿的、蔚蓝的天穹"　　195

"夜晚的天空是这么阴沉"　　　197

"我的心没有一天不痛苦"　　　199

"金碧辉煌的楼阁，静静地"　　200

"我又站在涅瓦河上了"　　　　202

"白云在天际慢慢消融"　　　　204

"无论别离怎样折磨着心"　　　205

给　Б.　　　　　　　　　　　207

"我们遵从统率的旨意"　　　　　209

"在这儿，生活曾经如何沸腾"　　210

失眠夜　　　　　　　　　　　212

译后记　　　　　　　　　　　214

泪

朋友啊，我爱看一杯美酒 ——
它的红色光焰、点点星火，
我也爱看枝叶间的葡萄 ——
红宝石般的喷香的硕果。

我爱看宇宙万物静静地
沉没在那春光的海洋里，
世界在浮香中安详睡去，
又似从梦中漾出了笑意！……

---

① 格雷，英国十八世纪的诗人。

我爱看春天的温和的风
把美人的脸点燃得火红，
它忽而在那酒涡里啜饮，
忽而把动情的发丝撩弄。

但葡萄美酒、芬芳的玫瑰，
或维纳斯的百般的妩媚，
怎比得上你啊，神圣的泪，
你这天国的朝霞的露水！⋯⋯

神灵的光在粒粒火珠中
灼灼闪耀，它折射的光线
绘出一道道活泼的彩虹
在生活的雷雨的乌云间。

泪之天使啊，你若用翅膀
触及人的眼珠，他的泪泉
立刻会教浓雾消散，
穹苍里便充满天使的脸。

一八二三年

黄　昏

好像遥远的车铃声响
在山谷上空轻轻回荡，
好像鹤群飞过，那啼唤
消失在飒飒的树叶上。

好像春天的海潮泛滥，
或才破晓，白天就站定 ——
但比这更静悄，更匆忙，
山谷里飘下夜的暗影。

一八二六年

日　午

荫浓的日午懒懒地呼吸，
大河的流水懒懒地前去，
片片的白云懒懒地消融
在炽热的晴朗的天空中。

炎热的睡意似雾般浓，
把大自然整个的罩笼；
连伟大的牧神 ① 也躲入
林神水妖的幽暗洞府。

一八二七至一八三〇年

---

① 希腊神话中的牧神象征自然的精灵，或自然界。古代人认为他午睡的
时刻是神圣的。

春 雷

五月初的雷是可爱的：
那春季的第一声轰隆
好像一群孩子在嬉戏，
闹声滚过碧蓝的天空。

青春的雷一连串响过，
阵雨打下来，飞起灰尘，
雨点像珍珠似的悬着，
阳光把雨丝镀成了黄金。

从山间奔下湍急的小溪，
林中的小鸟叫个不停，
山林的喧哗都欢乐地
回荡着天空的隆隆雷声。

你以为这是轻浮的赫巴 ①

一面喂雷神的苍鹰，

一面笑着自天空洒下

满杯的沸腾的雷霆。

一八二八年

---

① 赫巴是雷神宙斯之女，青春女神，她的职务是给众神斟酒。

夏　晚

那赤热的火球，太阳，
已被大地从头顶推落，
傍晚静静的漫天火焰
也被海波逐渐吞没。

明亮的星星已经升起，
它们以湿涔涔的头顶
撑高了以浓密的蒸汽
重压着我们的苍穹。

在天空和大地之间
顿觉气流有一些波动，
心胸解除了炎热的窒息，
呼吸起来也更加轻松。

于是一阵甜蜜的寒战，
像流水，通过自然底脉络，
仿佛它的火热的脚
突然触着清泉的冷波。

一八二九年

"快乐的白天还在沸腾"*

快乐的白天还在沸腾，
街上的人群熙熙攘攘，
但傍晚浮云的暗影
已在明亮的屋顶上飞翔。

美好生命的各种喧声
有时传到耳边：这一切
模糊的繁响啊，在空中
融成了一片和谐的音乐。

春日的倦慵荡漾在心头，
神志不自觉地昏迷起来，
我不知道睡了有多久，

＊　原诗无题，为方便读者，取首句为题。—— 编者注

但苏醒却又这般奇怪……

哪里也听不见喧声，
只有寂静主宰一切 ——
墙上浮动着一片暗影，
半朦胧的幽光在闪泻。

偷偷地，苍白的月亮
透过我的窗户向内窥探，
我觉得仿佛是它的光
在守护着我轻轻睡眠。

我觉得，似乎在渺冥间，
有一个慰人的精灵把我
引出了金色辉煌的白天，
带进神秘的幽灵王国。

一八二九年

不 眠 夜

时钟敲着单调的滴答声，
你午夜的故事令人厌倦！
那语言对谁都一样陌生，
却又似心声人人能听见！

一天的喧腾已逝，整个世界
都归于沉寂；这时候谁听到
时间的悄悄的叹息和告别，
而不悲哀地感于它的预兆？

我们会想到：这孤凄的世间
将受到那不可抗拒的命运
准时的袭击；挣扎也是枉然：
整个自然都将遗弃下我们。

我们看见自己的生活站在
对面，像幻影，在大地的边沿，
而我们的朋友，我们的世代，
都要远远隐没，逐渐暗淡；

但同时，新生的、年轻的族类
却在阳光下生长和繁荣，
而我们的时代和我们同辈
早已被他们忘得干干净净！

只偶尔有时候，在午夜时光，
可以听到对死者的祭礼，
由金属撞击所发的音响
有时由于悼念我们而哭泣。

一八二九年

天　鹅

休管苍鹰在怒云之上
迎着急驰的电闪奋飞，
或者抬起坚定的目光
去啜饮太阳的光辉；

你的命运比它更可羡慕，
洁白的天鹅！ 神灵正以
和你一样纯净的元素
围裹着你翱翔的翅翼。

它在两重深渊之间
抚慰着你无涯的梦想，——
一片澄碧而圣洁的天
给你洒着星空的荣光。

一八二〇至一八三〇年

山中的清晨

一夜雷雨洗过的天空
漾着一片蔚蓝色的笑，
蜿蜒的山谷露华正浓，
像一条丝带灼灼闪耀。

云雾环绕着崇山峻岭，
却只弥漫到半山腰间；
仿佛于高空中倾圮着
那由魔法建成的宫殿。

一八三〇年

雪　山

太阳射下垂直的光线，
日午的时光正在燃烧；
山中的树林一片幽暗，
只见雾气在氤氲缭绕。

在山下，碧蓝的湖面
像一面铜镜闪着幽光，
溪水从曝晒的山石间
冲向这低洼的故乡。

正当这山谷的世界
疲弱无力，睡意矇眬，
在日午的幽影下安歇，
充满了芬芳的倦慵，——

在山巅，好像一群天神
超然于垂死的大地，
冰雪的峰顶正在高空
和火热的蓝天嬉戏。

一八三〇年

"好似海洋环绕着地面"

好似海洋环绕着地面，
世上的生命被梦寐围抱；
夜降临了 —— 大海朝着岸沿
拍击着它的轰响的波涛。

它在催逼我们，恳请我们……
魔力推动小舟离开海港；
潮水上涨，飞快地把我们
带往无涯的幽黑的海上。

星辰的荣光燃烧在中天，
天穹从深处窥视着小舟，
我们航行在无底的深渊，
烈火熊熊，环绕在我们四周。

一八三〇年

海　驹

骏马啊，海上的神驹，
你披着浅绿的鬃毛，
有时温驯、柔和、随人意，
有时顽皮、狂躁、疾奔跑！
在神的广阔的原野上，
是风暴哺育你长成，
它教给你如何跳荡，
又如何任性地驰骋！

骏马啊，我爱看你的奔跑，
那么骄傲，又那么有力，
你扬起厚厚的鬃毛，
浑身是汗，冒着热气，
不顾一切地冲向岸边，
一路发出欢快的嘶鸣；

听，你的蹄子一碰到石岩，
就变为水花，飞向半空！……

一八三〇年

"在这儿，只有死寂的苍天"*

在这儿，只有死寂的苍天
委顿地望着贫瘠的大地，——
在这儿，疲倦了的大自然，
堕入铁一般沉重的梦里……

只有白桦在这里那里，
或是灰苔，或是矮树林，
好像热病患者的梦呓
惊扰这死沉沉的寂静。

一八三〇年

恬　静

雷雨过了。巨大的橡树
被雷击倒，灰蓝色的烟
从枝叶间不断地飘出，
飞入雷雨洗过的碧空间。
林中的鸟儿早已在啼叫，
那歌声更加响亮动听；
彩虹从天上弯下一只角，
搭在高山翠绿的峰顶。

一八三〇年

漂 泊 者

宙斯① 悦纳贫穷的香客，

神圣的华盖在他头上煜烨！……

无家可归的流浪者

成了天国众神的宾客！……

众神手创这奇妙世界，

千姿百态，气象万千，

就在他的面前一一展现，

给他以启示、教益和喜悦……

通过村庄、田野和城市，

他的道路无比光明 ——

---

① 宙斯是希腊神话中的雷神，也是众神之主。

整个大地任随他步行，

他看见一切并称颂上帝！

一八三〇年

疯　狂

当天空炎热得像烟雾，
和烧毁的大地相交融，
在那儿，就有可怜的疯狂
活跃在无忧的欢乐中。

它埋在干旱的沙地下，
被火焰的光烤得灼热，
于是睁大玻璃的眼睛
徒然地往云端去探索。

突然间它振奋起来，
用敏锐的耳朵贴着
有裂缝的大地，贪婪地
倾听着什么而暗暗欢乐。

它觉得它听到了泉水

在地下沸腾的奔流声，

啊，流水在唱着摇篮曲，

并且喧腾地从地下迸涌！……

一八三〇年

"我驱车驰过利旺尼亚的平原"

我驱车驰过利旺尼亚 ① 的平原，

我举目四望，啊，一切如此凄凉……

沙石的土地，灰暗无神的天，

一切给我的心以无穷的感伤。

我想起这悲惨的土地的过去，

那血腥的统治，那可耻的一切，

它的子孙曾怎样俯首屈膝

吻着泥土，和骑士们的马靴。

我望着你，涛涛的河水，

也望着你，岸边的橡树，

---

① 利旺尼亚是拉脱维亚和爱沙尼亚的古称，十三至十六世纪曾为德国的
　　僧侣骑士团所统治。

你们从远方来到这里，
你们曾陪伴过昔日的景物！

奇妙啊，惟有你们竟能
从另一世界来到这里；
唉，关于那个世界，你们
哪怕回答我仅仅一个问题！……

但大自然对于往事缄默不语，
只以神秘的微笑面对着人，
好像意外看到夜宴的童子，
白天也闭着嘴，讳莫如深。

一八三〇年

"松软的沙子深可没膝⋯⋯"

松软的沙子深可没膝⋯⋯
我们行进着 —— 日已傍晚；
路旁松树投下的影子
已经溶汇成一片幽暗。
越往前，松林越密，越黑，
这是多么阴郁的地方！
黑夜好似百眼兽，皱着眉，
从每座树丛中向人窥望！

一八三〇年

秋天的黄昏

秋天的黄昏另有一种明媚，
它的景色神秘、美妙而动人：
那斑斓的树木，不祥的光辉，
那紫红的枯叶，飒飒的声音，
还有薄雾和安详的天蓝
静静笼罩着凄苦的大地；
有时寒风卷来，落叶飞旋，
像预兆着风暴正在凝聚。
一切都衰弱，凋零；一切带着
一种凄凉的，温柔的笑容，
若是在人身上，我们会看作
神灵的心隐秘着的苦痛。

一八三〇年

树 叶

就让苍松和枞树
去骄傲吧，整个冬天
让它们挺立着枝叶，
围裹着风雪睡眠。
它们的绿叶羸瘦得
像刺猬的尖刺一般，
虽然它从不变黄，
但也从不会鲜艳。

我们呢，快活的族类，
蓬蓬勃勃地活一阵，
在树枝的筵席上
只是短暂的客人。
整个美丽的夏天，
我们都欣欣向荣，

不是在露水里沐浴，
就是和阳光戏弄。

然而小鸟唱完了歌，
花儿也都凋谢枯萎，
阳光变得苍白了，
暖和的风也不再吹。
这时节我们何必
留在枝上变黄、衰败？
不如随它们一起
飞去吧，那倒更痛快！

哦，怒吼的狂风，
快些吹呀，快些吹呀！
从这讨厌的枝上
快快把我们扯下！
快些扯吧，快些吹吧，
我们不愿意多等待；
飞，飞，狂暴的风啊！
我们和你一起飞开！……

一八三〇年

阿尔卑斯

阿尔卑斯的雪山峻岭
刺透了湛蓝的夜幕，
峰峦睁着死白的眼睛
给人以彻骨的恐怖。
虽然都在破晓前安睡，
却闪着威严的容光，
雾气缭绕，峥嵘可畏，
像一群倾覆的帝王！

但只要东方一泛红，
死亡的瘴气便消散，
最高的山峰像长兄
首先亮出他的冠冕；
接着，曙光从高峰流下，
把辅峰也都一一点燃，

顷刻间，这复活的一家

金冠并呈，多么灿烂！……

一八三〇年

"对于我，这难忘的一天"

对于我，这难忘的一天
曾经是我生命的清晨：
她默默地站在我前面，
胸脯如波浪起伏，她的脸
泛起一片朝霞的嫣红，
越来越热炽地燃烧！
而突然，像旭日初升，
从她的深心里跃出了
金色的爱情的表白 ——
啊，一个新世界对我展开! ……

一八三〇年

病毒的空气

我爱这神灵的愤怒！我爱这充沛一切
却隐而不见的"恶"：它随着鲜艳的花朵
而盛开，和澄澈的源泉一起流泻，
彩虹中有它，它就在罗马的天空飘过。
在头上，仍旧是那高洁无云的碧霄，
你的心胸也仍旧呼吸自如而舒畅；
还一样有温暖的风舞弄着树梢，
玫瑰的芬芳依旧；但这一切都是死亡！……

谁知道呢？也许，大自然所以充沛着
美好的光、影、声、色，如此令人陶醉，
只不过是预兆着我们的最后一刻，
并给我们临终的痛苦送一些安慰！
命运的致命的使者啊，当你要把
大地之子唤出生之领域时，是否就以

这一切当作掩盖自己形象的轻纱，

从而使人看不见你的恐怖的袭击？

一八三〇年

西 塞 罗

在国事的危急与风暴中，
罗马的演说家 ① 感叹说：
"我来得太迟了！ 我才上路，
罗马的夜就已面临着我。"
是的！ 你送别了她的荣耀，
然而，从那卡比托 ② 的山坡
你却看到了伟大的一景：
罗马的血红星宿的陨落！……

幸运的人啊！ 只要能看到
世界的翻天覆地的一刻 ——
只要是能被众神邀请

---

① 指西塞罗（纪元前106—前43），罗马的政治家、文学家和演说家。
② 卡比托，罗马的山坡，其上有神殿。

作为这一场华筵的宾客，

那他就看到庄严的一幕，

他是走进了神的座谈会，

虽然活在世上，却好似神仙

啜饮着天庭的永恒之杯！

一八三〇年

"好似把一卷稿纸放在"

好似把一卷稿纸放在
热烬上，由冒烟而至烧毁，
那是一种隐秘的火焰
一字字地把全文变成灰；

同样，我的生命忧郁地
腐蚀着，每天化为烟飞去，
就在这难忍的单调中，
我将同样地渐渐燃熄！……

天哪！我多么希望把心中
这半死的火任情烧一次，
不再折磨，不再继续苦痛，
让我闪闪光 —— 然后就死！

一八三〇年

春 水

田野里还闪着积雪，
春天的河水已在激荡 ——
流啊，流啊，它唤醒了
沉睡的两岸，边流边唱：

"春天来了，春天来了！
我们是新春的先锋，
她派我们先来通报。"
果然，紧随着这片喧声，

文静、温和的五月
跳起了欢快的环舞，
闪着红面颊，争先恐后
出现在春水流过的峡谷。

一八三〇年

沉 默 吧！

沉默吧，把你的一切情感
和梦想，都藏在自己心间，
就让它们在你的深心，
好似夜空中明亮的星星，
无言地升起，无言地降落，
你可以欣赏它们而沉默。

你的心怎能够吐诉一切？
你又怎能使别人理解？
他怎能知道你心灵的秘密？
说出的思想已经被歪曲。
不如挖掘你内在的源泉，
你可以啜饮它，默默无言。

要学会只在内心里生活 ——

在你的心里，另有一整个
深奥而美妙的情思世界；
外界的喧嚣只能把它湮灭，
白日的光只能把它冲散，——
听它的歌吧，—— 不必多言！……

一八三〇年

"在人类这株高大的树上"*

在人类这株高大的树上
你是那最碧绿的一叶，
受着最明净的阳光抚养，
充满了它的最纯的汁液！

对它伟大心灵的每一轻颤
你比谁都更能发出共鸣：
或则与欲来的雷雨会谈，
或则快乐地戏弄着轻风！

不等夏日的暴雨或秋风
把你吹落，你便自己飘下，

---

* 本诗为纪念德国诗人歌德的死而作。

你的寿命适中，享尽了光荣，

好似从花冠上坠落的一朵花！

一八三二年

给 ——

你那漾着盈盈笑意的嘴唇，
你那少女的面颊的红润，
你明亮的眸子，火星般闪烁，
一切充满了青春的诱惑……
啊，想必是爱情展翅飞翔
轻轻送来这多情的目光，
它带着一种奇异的权力
要把心灵诱入美妙的牢狱。

一八三三年

"从山顶滚下的石头待在山坳"

从山顶滚下的石头待在山坳。
它怎样落下的？ 如今已无人知道，
它的坠落可是出于自己的意志？
还是一只有思想的手把它抛弃？
时光过了一个世纪又一个世纪，
还没有人能够解答这个问题。

一八三三年

行吟诗人的竖琴

行吟诗人的竖琴啊！你久已
被弃置在一角，蒙在灰尘里，
但只要月光投给幽暗以妩媚，
使你那一角披上蓝色的光辉，
你的弦会突然轻轻地战栗，
并发出乐音，像心灵的梦呓。

啊，这月光唤醒了你的过去，
是怎样的生活被你回忆起！——
你可是想到夜夜都伴奏过
那久已逝去的少女的情歌？
或是在这依旧茂盛的花园中
她们那听不见的轻悄的脚步声？

一八三四年

"啊，我记得那黄金的时刻"*

啊，我记得那黄金的时刻，
我记得那心灵亲昵的地方：
临近黄昏，河边只有你我，
而多瑙河在暮色中喧响。

在远方，一座古堡的遗迹
在那小山顶上闪着白光，
你静静站着，啊，我的仙女，
倚在生满青苔的花岗石上。

你的一只纤小的脚踩在
已塌毁的一段古老的石墙上，

而告别的阳光正缓缓离开
那山顶，那古堡和你的面庞。

向晚的轻风悄悄吹过，
它把你的衣襟顽皮地舞弄，
并且把野生苹果的花朵
——朝你年轻的肩头送。

你潇洒地眺望着远方……
晚天的彩霞已烟雾迷离，
白日烧尽了，河水的歌唱
在幽暗的两岸间更清沥。

我看你充满愉快的心情
度过了这幸福的一日；
而奔流的生活化为幽影，
正甜蜜地在我们头上飞逝。

一八三四至一八三六年

海上的梦

海涛、风暴摇着我们的小舟，
困倦的我任随波浪来漂流。
我感到两个无极，两个宇宙，
尽在固执地把我捉弄不休。
在我周围，山岩被击得轰响，
风和风相呼应，海浪在歌唱。
这一片喧嚣虽然震得我耳聋，
我的梦却超越这一切而飞腾。
它充满无言的魅力，光辉刺眼，
在繁响、黑暗和混沌之上飘旋。
那是由热病的光照明的世界：
大地绿油油，天空一片澄洁，
有曲折的花园、宫室和回廊，
还有一群无声的人在奔忙。
我认识了许多陌生的面孔，

许多珍禽异兽，美妙的生灵，

而我像上帝一般阔步云端，

看脚下的世界凝然闪着光。

但在这梦中，我还不断地听到

大海的轰响，好似巫师在号叫。

不料如此平静的梦之王国

竟溅来了咆哮的大海的泡沫。

一八三六年

"不，大地母亲啊"

不，大地母亲啊，我不能够
掩饰我对你的深深爱情！
你忠实的儿子并不渴求
那种空灵的、精神的仙境。
比起你，天国算得了什么？
还有春天和爱情的时刻，
鲜红的面颊，金色的梦，
和五月的幸福算得了什么？……

我只求一整天，闲散地，
啜饮着春日温暖的空气；
有时朝那碧洁的高空
追索着白云悠悠的踪迹，
有时漫无目的地游荡，
一路上，也许会偶尔遇见

紫丁香的清新的芬芳

或是灿烂辉煌的梦幻 ······

一八三六年

"被蓝色夜晚的恬静所笼罩"

被蓝色夜晚的恬静所笼罩，
这墨绿的花园睡得多甘美；
从苹果树的白花间透出了
金色的月轮，多动人的光辉！……

神秘得像创世的第一天，
深邃的天穹里星群在燃烧，
远方的乐音依稀可以听见，
附近溪水的谈心在花间缭绕……

当白日的世界被夜幕遮没，
劳作沉睡了，运动也筋疲力尽……
在安睡的城和林顶上，却飘着
夜夜都醒来的奇异的轰鸣……

这不可解的喧哗来自哪里？……
它可是人在梦中流露的思想？
或是随着夜之混沌以俱来的
无形的世界在空中扰扰攘攘？……

一八三六年

"在郁闷空气的寂静中"

在郁闷空气的寂静中，
好似雷雨的预兆，
玫瑰的香气更浓重，
蜻蜓的嗡嗡更响亮了……

听！在白色的云雾后
一串闷雷隆隆地滚动；
飞驰的电闪到处
穿绕着阴沉的天空……

好像这炎热的大气
饱和着过多的生命，
好像有神仙的饮料
在血里燃烧，麻木了神经！

少女啊，是什么激动着
你年轻的胸脯的云雾？
你眼里的湿润的闪光
为什么悲伤，为什么痛苦？

为什么你鲜艳的面颊
变白了，再也不见一片火？
为什么你的心胸窒压着，
你的嘴唇这么赤热？……

穿过丝绒般的睫毛
噗地落下来两滴……
或许就这样开始了
一直酝酿着的雷雨？……

一八三六年

"杨柳啊，为什么你如此痴心"

杨柳啊，为什么你如此痴心，
对急流的溪水频频垂下头？
你的叶子好似干渴的嘴唇
微颤着，只想获取一口清流……

尽管你的枝叶痛苦得战栗，
那溪水只是哗哗地奔跑，
它在阳光的抚爱下，舒适地
闪着明亮的眼睛对你嘲笑……

一八三六年

"是幽深的夜，凄雨飘零……"

是幽深的夜，凄雨飘零……
听，是不是云雀在唱歌？……
啊，你美丽的黎明的客人，
怎么在这死沉沉的一刻，
发出轻柔而活泼的声音？
清晰，响亮，打破夜的寂寥，
它震撼了我整个的心，
好像疯人的可怕的笑！……

一八三六年

"灰蓝色的影子溶和了"

灰蓝色的影子溶和了，
声音或沉寂，或变得暗哑，
色彩、生命、运动都已化做
模糊的暗影，遥远的喧哗……
蛾子的飞翔已经看不见，
只能听到夜空中的振动……
无法倾诉的沉郁的时刻啊！……
一切充塞于我，我在一切中……

恬静的幽暗，沉睡的幽暗，
请流进我灵魂的深处；
悄悄地，悒郁地，芬芳地，
淹没一切，使一切静穆。
来吧，把自我遗忘的境界
尽量给我的感情充溢……

让我尝到湮灭的存在，

和安睡的世界合而为一！

一八三六年

"啊，多么荒凉的山林峭壁！"

啊，多么荒凉的山林峭壁！
一路上，溪水朝我流得欢腾 ——
它忙于到谷中去另觅新居 ……
而我则往山上缓缓地攀登。

我坐在山顶，伴着一株白松，
这儿一片静，令人感到欣慰 ……
溪水啊，你朝着山谷和人群
奔流吧：尝尝那是什么滋味！

一八三六年

"从林中草地，白鸢一跃"

从林中草地，白鸢一跃
而飞起，朝天空，朝云端
盘旋上升，越飞越小，
终于没入高空而不见。

啊，造物主给了它一双
有力的灵活的翅翼，
而我，自命为万物之王，
却黏固在地面和泥里！……

一八三六年

"紫色的葡萄垂满山坡"

紫色的葡萄垂满山坡，
山上飘过金色的云彩，
河水奔流在山脚下，
暗绿的波浪在澎湃。
目光从山谷逐渐上移，
直望到高山的顶巅，
就在那儿，你会看到
圆形的、灿烂的金殿。

高山上不凡的居处啊，
那儿不见世俗的生存，
在那儿，回旋的气流
更轻快、空廓而清新。
声音飘到那儿就沉寂，
只能听到自然的生命；

一种欢乐在空中浮荡，
有如复活节日的恬静。

"河流迁缓了，水面不再晶莹"

河流迁缓了，水面不再晶莹，
一层灰暗的冰把它盖住；
色彩消失了，潺潺的清音
也被坚固的冰层所凝固，——
然而，河水的不死的生命
这凛冽的严寒却无法禁闭，
水仍旧在流：那喑哑的水声
时时惊扰着死寂的空气。

悲哀的胸怀也正是这样
被生活的寒冷扼杀和压缩，
欢笑的青春已不再激荡，
岁月之流也不再跳跃，闪烁；——
然而，在冰冷的表层下面，
生命还在喃喃，并没有止息，

有时候，还能清楚地听见
它那秘密的泉流的低语。

一八三六年

"午夜的大风啊，你在哀号什么？"

午夜的大风啊，你在哀号什么？
为什么怨怒得这样的疯狂？
你的凄厉的声音意味着什么？
忽而幽怨低诉，忽而大吼大嚷？
你以这心灵所熟悉的语言
在倾诉一种不可解的苦痛，
你朝它深深挖掘，从那里面
有时竟发出多狂乱的呼声！……

哦，是的，你的歌在对人暗示
他可怕的故乡，那原始的混沌！
夜灵的世界听到你的故事
正感到多么亲切，听得多凝神！
别再唱吧！不然，它就要从胸中
挣出来，与无极的宇宙合一！……

哦，别把这沉睡的风暴唤醒 ——
那下面正蠕动着怎样的地狱！……

一八三六年

"我的心愿意做一颗星"

我的心愿意做一颗星，
但不要在午夜的天际
闪烁着，像睁着的眼睛，
郁郁望着沉睡的大地，——

而要在白天，尽管被
太阳的光焰逼得朦胧，
实则它更饱含着光辉，
像神仙一样，隐在碧霄中。

一八三六年

"我的心是一群幽灵的乐土 ——"

我的心是一群幽灵的乐土 ——
这些无言的幽灵，明朗，美丽，
既不受热狂的年代的摆布，
也无感于忧伤或欢喜。

我的心是一群幽灵的乐土，
心啊，你和生活是多么不同！
谁想到这群幽灵如此麻木
把逝去的好时光纳为幻影！……

一八三六年

"我独自默坐"

我独自默坐，
以泪眼望着
　　燃尽的壁炉……
往事的回忆
令我沉思郁郁，
　　语言怎能表述？

往事如烟云，
今朝也只一瞬
　　就永远逝去——
像过去那一切；
无尽的岁月
　　已被幽暗吞去。

一年年，一代代……

人何必愤慨?

　　这大地的谷禾! ……
很快就凋谢,
新的花和叶
　　又随夏日而复活。

于是一切如前,
玫瑰重又鲜艳,
　　荆棘也再滋长 ……
但你啊,我的花朵,
你却不再复活,
　　从此不再开放!

唉,是我的手
把你摘下枝头,
　　带着多少欢喜! ……
贴在我胸前吧,
趁它还能迸发
　　爱情临终的叹息。

　　　　　　　　　　　　一八三六年

"冬天这房客已经到期"

冬天这房客已经到期，
却死赖着不肯迁出，
她白白发了一阵脾气，
春天却来敲打窗户。

这惊动了自然的一切，
大家都纷纷起来撵她；
听，天空中几只云雀
已把赞歌洒上一片云霞。

冬天还是对春天咆哮，
并作出凌人的姿态，
但春天只是对她大笑，
并且比她嚷得更厉害……

那老巫婆被逼得跑开；
但是为了发泄怒气，
最后还抓起一把雪来
向那美丽的孩子掷去……

春天一点也没有受害，
索性在雪里洗个澡；
真出乎对手的意外，
她的面颊倒更红润了。

一八三六年

喷　泉

看啊，这明亮的喷泉
像团团云雾，不断飞腾，
你看它燃烧在阳光中，
如何化为一片水烟！
它的光线向天空飞奔，
一旦触到庄严的高度，
就注定向地面散布，
好似点点灿烂的火尘。

哦，人类的思想的喷泉！
你无穷无尽，从不止息；
不知是本着什么规律
你永远喷射和飞旋？
你多么想要凌云上溯！……
但无形的命运巨掌

却打断你倔强的飞翔，
于是你变为水星洒落。

一八三六年

"山谷里的雪灿烂耀目"

山谷里的雪灿烂耀目，
但积雪会融化而不见，
春天的禾苗布满山谷，
但它闪耀不久，也就凋残。
然而，是什么在那雪山顶峰
永远光灿而不衰萎？
啊，那是由朝霞所播的种，
至今还鲜艳的玫瑰！……

一八三六年

"大地还是满目凄凉"

大地还是满目凄凉，
空中已浮现春的气息；
田野里的枯树在摇晃，
白松的高枝微微战栗。
大自然还没有醒来，
然而她的睡意淡了，
在梦中听到春的声息，
也不禁漾出一丝微笑……

心啊，心啊，你也还没有醒……
但突然，是什么使你不宁？
是什么抚慰着你的梦，
并且把冥想镀上了金？
一堆堆雪在闪烁，在消融，
风光变得明媚，血在跃动……

你是感到了春天的柔媚？……
还是有了女人的爱情？……

一八三六年

"我的朋友，我爱看你的眼睛"

我的朋友，我爱看你的眼睛
闪着奇异的灵光，当你突然
抬起它们来，把在座的一圈人
匆匆一瞥，好似天空的电闪……

然而比这更迷人的，是目睹
在热情的一吻时，你把两眼
低低垂下，从睫毛间却透出
沉郁而幽暗的欲望的火焰。

一八三六年

"昨夜，在醉人的梦幻里"

昨夜，在醉人的梦幻里，
你的眼睑被月光的残辉
照耀着，倦慵而无力，
你迟迟坠入梦中而安睡。

在你周围，一切突然沉寂，
暗影的眉头皱得更暗，
你胸中的平匀的呼吸
更清晰地流动在空间。

然而，透过轻盈的窗纱
夜的幽暗只流进一瞬息，
你的飘扬如梦的鬈发
又已和无形的幻想嬉戏。

轻轻地流着，徐徐地飘着，
仿佛随一阵细风流入，
烟一般轻，幽洁如百合，
有什么突然扑进窗户。

看，有什么无形地流过
那在幽暗中灼烁的地毯，
啊，它已经悄悄地攀着
被子的一角，顺着它的边 ——

像一条蛇蜿蜒地爬行，
终于来到了卧榻上，
看啊，它已窥进帐帏中，
好似一条丝带在飘荡 ……

突然，它以颤动的光线
触着了少女的前胸，
又以洪亮的、绯红的叫喊
张开了你睫毛的丝绒。

一八三六年

一八三七年一月二十九日*

是谁的手射出致命的一弹
把诗人的高贵的心击中?
是谁把这天庭的金觥
摧毁了, 好似易碎的杯盏?
让世俗的法理去判断吧,
不管说他是有罪, 是无辜,
那天庭的手将永远把他
烙为"刺杀王者"的凶徒。

诗人啊, 过早落下的夜幕
将你在尘世的生命夺去,
然而, 你的灵魂得享安息,

---

* 这一天是普希金决斗被杀的日子。(日期是俄历, 即公历一八三七年
二月十日。——编者注)

在一个光明的国度！……
不管世人怎样流言诽谤，
你的一生伟大而神圣！……
你是众神的风琴，却不乏
热炽的血在血管里 …… 沸腾。

你就以这高贵的血浆
解除了荣誉的饥渴 ——
你静静地安息了，盖着
民众悲痛的大旗在身上。
让至高者评判你的憎恨吧，
你流的血会在他耳边激荡；
但俄罗斯的心将把你
当作她的初恋，永难相忘！……

一八三七年

一八三七年十二月一日*

好吧，就是注定在这个地方，
我们要最后道一声珍重……
别了！我们将告别那一切
曾使心灵久久沉迷的情景，
那一切把你的生命烧完了，
只有灰烬还留在痛苦的胸中！

别了……多年，多年以后，你将会
战栗地想起这一隅地方，
想到这灿烂的南方的海岸，
它不谢的花朵，永恒的阳光，

---

* 本诗写于意大利的热那亚，这一天是诗人和他的情人德恩伯格夫人诀
别的日子。（日期是俄历，即公历一八三七年十二月十三日。——编
者注）

还有迟暮的、苍白的玫瑰

如何把腊月的空气烧得芬芳。

一八三七年

"曾几何时，啊，幸福的南方"*

曾几何时，啊，幸福的南方，
曾几何时，我当面看到了你，——
而你，好似金身显圣的神，
让我，一个游子，一览无遗……
啊，曾几何时，尽管我没有
如醉如痴，却充满新鲜的感情，
当我面对着伟大的地中海，
并且听到它波涛的声音！

我想到当年，这汹涌的波浪
曾扬起多么和谐的歌唱！
它看过灿烂的维纳斯女神

从她深渊的故乡跃出海上 ①……
这浪花的跳跃犹似当年，
一样的轰响，一样的闪烁，
而在它天蓝色的平原上
仿佛还有神的幻影掠过。

而我，我却和你告别了 ——
我又被命运牵引到北方……
那沉郁的铅灰色的天空
又重重地压在我的头上……
这儿的空气割人皮肤，
山和谷都铺满了冰雪，
而寒冷，那威严的巫婆，
只有她统治这儿的一切。

然而，在这冰雪王国的南方，
那儿，那儿，在陆地的边缘，
我仿佛还远远地望得见
你，那金色的、明媚的地方！
在朦胧中你显得更美丽，

---

① 据神话，维纳斯女神是从赛普拉斯岛附近的海上诞生的。

你的天空更蔚蓝、更清新，
你的低语听来也更悦耳，
它深深打动了我的灵魂！

一八三七年

春

不管命运的手如何沉重，
不管人如何执迷于虚妄，
不管皱纹怎样犁着前额，
不管心里充满几多创伤；
不管你在忍受怎样的
残酷的忧患，但只要你
碰到了初春的和煦的风，
这一切岂不都随风飘去？

美好的春天……她不知有你，
也不知有痛苦和邪恶；
她的眼睛闪着永恒之光，
从没有皱纹堆上她前额。
她只遵从自己的规律，
到时候就飞临到人间，

她欢乐无忧，无所挂碍，
像神明一样对一切冷淡。

她把花朵纷纷洒给大地，
她鲜艳得像初次莅临；
是否以前有别的春天，
这一切她都不闻不问。
天空游荡着片片白云，
在她也只是浮云而已，
她从不想向哪儿去访寻
已飘逝的春天的踪迹。

玫瑰从来不悲叹既往，
夜莺到晚上就作歌；
还有晨曦，她清芬的泪
从不为过去的事而洒落；
树木的叶子没有因为
害怕不可免的死而飞落，
啊，这一切生命，像大海，
整个注满了眼前的一刻。

个体生活的牺牲者啊！

来吧，摈弃情感的捉弄，
坚强起来，果决地投入
这生气洋溢的大海中！
来，以它蓬勃的纯净之流
洗涤你的痛苦的心胸 ——
哪怕一瞬也好，让你自己
契合于这普在的生命！

一八三八年

日 与 夜

为这神秘的精灵的世界，
这无可名状的无底深渊，
由神的至高旨意盖上了
一层金色的帷幕 —— 白天。
白天啊，这幅璀璨的画帷，
白天啊，你医治病痛的心魂，
你给世间万物充满生气，
人和神都把你当作友人！

但白天消逝了 —— 黑夜降临；
夜来了，就把恩赐的彩幕
一下子拉开，使无底的深渊 ——
使那致命的世界赫然暴露
在我们眼前，于是我们看见
它那幽暗的、可怕的一切，

而我们面对它，又没有遮拦 ——
这就是何以我们害怕黑夜！

一八三九年

"少女啊，别相信，别相信诗人"

少女啊，别相信，别相信诗人，
别把他唤作你的意中人 ——
要知道，诗人的绵绵情意呀，
比一切怒火还容易焚身！

别以少女的纯洁的灵魂
来接受诗人的心！ 要知道，
你那一层轻盈的面纱
掩盖不了他热情的燃烧。

诗人像自然力一样磅礴，
他主宰一切，只除开自己；
很可能他的桂冠烧上了
你年轻的鬓发，全出于无意。

轻率的世人总是任意地

或者颂扬，或者咒骂诗人，

他并不是毒蛇噬咬人心，

他呀，只像是蜜蜂把它吸吮。

诗人的纯洁的手不会

把你视为神圣的东西破坏，

但无意间，他会把生命窒息，

或者把它送往九霄云外。

一八三九年

"我站在涅瓦河上，遥望着"

我站在涅瓦河上，遥望着
巨人一般的以撒大教堂；
在寒雾的薄薄的幽暗中，
它高耸的圆顶闪着金光。

白云缓缓地升上夜空，
好像对冬寒也有些畏缩；
夜是凄清的，死一般静，
冻结的河面泛着白色。

我默默地、沉郁地想到
在远方，在热那亚的海湾，
这时太阳该是怎样燃烧，
那景色是多么迷人、绚烂……

哦，北方！魔法师的北方！
是不是我中了你的符咒？
或是我真的被锁在你的
花岗石地带，不能自由？

啊，但愿有飘忽的精灵，
在幽暗的夜里轻轻翱翔，
那就把我快快地载去吧，
去到那儿，那温暖的南方！

一八四四年

"我还被思念的痛苦所折磨"*

我还被思念的痛苦所折磨，
这颗心啊，依旧充满着旧情；
在"回忆"的暗雾中，热望的火
驱使我去追索着你的形影 ……
啊，无论何时何地，在我眼前
总浮现你难忘的、可爱的面容，
无法抓得住，但也永远不变，
好似夜晚天空中的一颗星 ……

一八四八年

---

* 这首诗是诗人追念第一个妻子爱琳娜而作。

给一个俄罗斯女人

远远离开阳光和大自然，
接触不到社会和艺术，
没有爱情，和生活也疏远，
你青春的岁月如此荒芜。
你活跃的感情暗淡了，
你的幻想也不再缭绕……

你的一生悄悄地过去，
在荒凉而无名的地方，
没有人知道你，看见你，
好像在阴暗、低沉的天上，
一缕烟云消逝得无踪
在秋日的无边的幽暗中……

一八四八或一八四九年

"庄严的夜从地平线上升起"

庄严的夜从地平线上升起，
可爱的白日啊，我们的慰安，
立刻像一幅金色的画帷
被它卷起，露出无底的深渊。
外在的世界梦幻似的消失……
而人，突然像孤儿，无家可归，
只有站在幽暗的悬崖之前
软弱无力，赤裸裸地颤巍。

智力已无用，思想失去了依据，
他只有靠自己了，因为外间
再也没有任何支持或藩篱，
惟有心灵，像深渊，任由他沉湎……
现在，一切明亮、活跃的感印
对他都好似久已逝去的梦……

而那不可思议，幽暗和陌生的，
他看到：原来是久远的继承。

一八四八或一八四九年

"太阳怯懦地望了一望"

太阳怯懦地望了一望，
立刻收回了它的光彩；
听，乌云后面一片轰响，
大地皱着眉，满面阴霾。

热灼的旋风忽起忽歇，
远方响着雷，也有阵雨……
碧绿的无际的田野
在雷雨下更显得碧绿。

看，乌云时时被划破，
驰过了蓝色的电闪——
那仿佛是一条流火
给乌云边镶着银线。

时时落下一阵急雨，
田野的尘土跟着飞旋，
这时雷声响得更急，
更愤怒地震摇着天。

太阳又一次皱着眉
从云端露出了眼睛，
并且以明亮的光辉
把惊惶的大地浸润。

一八四九年

"静静的夜晚，已不是盛夏"

静静的夜晚，已不是盛夏，

天空的星斗火一般红，

田野在幽幽的星光下，

一面安睡，一面在成熟中……

啊，它的金色的麦浪

在寂静的夜里一片沉默，

只有银白的月光

在那如梦的波上闪烁……

一八四九年

"在戎人的忧思中，一切令人生厌"

在戎人的忧思中，一切令人生厌，
生活像一堆石块压着我们，
突然间，天知道从什么地方，
有一丝欢欣飘到我们的胸间，
在那儿回荡、爱抚：这刹那的幸福
暂时给心灵解除了可怕的重负。

正是这样，在秋天，当田野枯索，
一片凄凉，树林的枝子都赤裸，
天空变得苍白，山谷更暗淡了，
突然会有一阵风，湿润而暖和，
把枯黄的落叶追得飞舞，飘旋，
好像给我们的心带来了春天……

一八四九年

"在深蓝的海水的平原上"

在深蓝的海水的平原上
我们踏出一条狭窄的路，
一条喷火的、暴怒的海蛇
把我们带上茫茫的旅途。

天上的星星照耀着我们，
在脚下，波浪迸溅着火花，
它以阵阵水尘的旋风
朝我们身上不断扑打。

我们坐在海船的甲板上，
很多人已经沉入梦乡……
划水的轮子更清晰地
划着轰响的波浪而歌唱……

我们快乐的一群安静了，
女人们不再谈话和喧腾，
她们以雪白的肘支起了
多少亲切的、美好的幻梦。

在神秘而醉人的月光下，
美梦欢舞在无际的空间，
大海正以轻柔的海波
抚慰着它们静静安眠。

一八四九年

"我又看到了你的眼睛"

我又看到了你的眼睛，
啊，只是你南国的一瞥，
就逐开了我寒冷的梦
和这幽黑的、沉郁的夜……
它又重现在我的眼前，
那一个国度 —— 我的故乡 ——
好似亚当失去的乐园
又对他的子孙闪着光……

我看到了摇摆的月桂
荡漾着蓝色的空气，
从海上飘来阵阵轻风
把夏日的炎热扬起；
一整天，金色的葡萄
在阳光下长得更熟了，

而在大理石的回廊间，
神话般的历史在缭绕……

致命的北方消失了，
好像遗忘的一场噩梦，
在我的头上闪耀着
那轻淡而明媚的天空。
我的眼睛又在饥渴地
啜饮着你活跃的光辉，
在它的纯净的光波里，
我认出了那奇幻之地。

一八四九年

"世人的眼泪，啊，世人的眼泪！"

世人的眼泪，啊，世人的眼泪！
你不论早晚，总在不断地流……
你流得没人注意，没人理会，
你流个不尽，数也数不到头——
你啊，流洒得像秋雨的淅沥，
在幽深的夜里，一滴又一滴。

一八四九年

诗

当我们陷在雷与火之中，
当天然的、激烈的斗争
使热情沸腾得难以忍耐，
她就从天庭朝我们飞来 ——
对着尘世之子，她的眼睛
闪着一种天蓝的明净，
就好像对暴乱的海洋
洒下香膏，使它安详。

一八五〇年

罗马夜色

在天蓝色的夜里，罗马沉睡了，
月亮升上天空，静静把它拥抱，
她以自己的默默无言的光荣
洒遍了这安睡的、无人的名城……

在她的光辉下，罗马睡得沉沉，
这不朽的遗迹和月光多么相衬！
仿佛这安息的城，这清晰的月夜，
就是那魅人的、久已逝去的世界！

一八五〇年

"宴会终了，歌声沉寂"

宴会终了，歌声沉寂，
酒瓮都已倾倒一空；
篮子倒了，杯盘狼藉，
只有残酒还留在杯中；
头上的花冠已经揉乱，
留下余香还缭绕在
明亮而空旷的厅堂间……
宴会终了，我们迟迟走开 ——
只见满天的繁星闪耀，
啊，这已经是子夜了……

大街上是车马和喧声，
不睡的人们熙熙攘攘，
暗红的光到处闪动……
就在这城市的动荡

和一片殿宇街屋上空，
当谷中的烟雾缭绕，
在那山上的高空中，
纯洁的星星却在燃烧；
它以明净无邪的光
回答着世人的瞭望……

一八五〇年

"请看那在夏日流火的天空下"

请看那在夏日流火的天空下，
风尘仆仆，踯躅在大路上的人，
他从花园旁走过，像一个乞丐，
天哪，请拿一点安慰给他的心。

他朝花园望了望，只见一片
树木的浓荫和碧绿的幽谷，
那儿有他享受不到的清凉
在明媚而茂盛的草地上飘忽。

那树木的阴影是多么宜人！
但树阴并不是为他而铺开，
那喷泉的水雾也不是为他
悬在半空，像一片美丽的云彩。

蔚蓝的岩洞好像从浓雾里
诱惑着他，徒然使他望眼欲穿，
犹如喷泉的水尘不会有一滴
落在他头上，给他以清新之感。

请看那在夏日流火的天空下，
彳亍在炎热的生活小径的人，
他从花园旁走过，像一个乞丐，
天哪，请拿一点安慰给他的心。

一八五〇年

在涅瓦河上

在涅瓦河的轻波间
夜晚的星又把自己投落，
爱情又把它神秘的小舟
寄托给任性的浪波。

在夜星和波浪之间
它漂流着，像在梦中，
载着两个影子，朝向
缥缈的远方开始航程。

这可是两个安逸之子
在这儿享受夜的悠闲？
还是两个天国的灵魂
从此要永远离开人间？

涅瓦河啊，你的波涛
广阔无垠，柔和而美丽，
请以你的自由的空间
荫护这小舟的秘密！

一八五〇年

"阴霾的天空吹起了风"

阴霾的天空吹起了风，
河水变得浑浊而汹涌，
铅灰的云笼罩着水波 ——
就在这阴惨的光照下，
还有一片暗紫的彩霞
使黄昏在水波上闪烁。

金色的火星不断迸发，
燃烧的玫瑰纷纷落下，
然后就被河水所席卷。
那正是狂暴、火红的黄昏
向着暗蓝的波浪投进
自己片片扯下的花冠……

一八五〇年

121

"凋残的树林凄清、悒郁"

凋残的树林凄清、悒郁，
整个萦绕着安息的预感，
夏日的叶子所余无几，
被秋阳染得金光闪闪，
还弥留在枝头上抖颤。

因为从乌云后，像闪电，
忽然漏下了一线阳光
直射在斑驳的树木间
和衰枯残败的黄叶上，
使我呆呆望着，不禁感伤……

这凋落的生命多么妩媚！
又多么可亲！令人想到
她曾经那么蓬勃，那么美，

而今竟然萎缩和枯凋，

在临死以前还带着微笑！……

一八五〇年

"尽管炎热的正午"

尽管炎热的正午
在敞开的窗口喘气，
在这平静的大厦
一切幽暗而静谧。

这儿有暗香回荡，
在芬芳的幽暗里
你尽可以浸沉在
朦胧的梦幻中憩息。

这儿有不倦的喷泉
在一隅日夜歌唱，
它以无形的水尘
洒在昏迷的暗影上。

热恋的诗人尽可
在飘忽的光与影中，
让隐秘的热情化为
回旋的、轻盈的梦。

一八五〇年

两个声音

1

振奋起来，朋友们，不停地战斗，
尽管力量悬殊，胜利毫无希望！
在你们头上，星宿沉默无言，
在你们脚下，坟墓也一声不响。

让奥林匹斯的众神怡然自得，
他们是不朽的，不知劳苦和忧虑；
劳苦和忧虑只为人的心而设……
对人来说，只有终结而没有胜利。

2

振奋起来，战斗吧，勇敢的朋友们，

别管斗争多么持久，多么残酷！
在你们头上，是无言的一群星辰，
在你们脚下：沉默的、荒凉的坟墓。

让奥林匹斯的众神以羡慕的眼光
看着骁勇不屈的心不断奋战。
那在战斗中倒下的，只败于命运，
却从神的手里夺来胜利的花冠。

一八五〇年

"看哪，在广阔的河面上"

看哪，在广阔的河面上，
水流下坡时变为活跃，
朝着那吞没一切的海洋，
一块冰跟着一块冰流泻。

或者在阳光下五色缤纷，
或者在深夜里暮气沉沉，
冰块总是不可免地融解，
而且都向一个目的航行。

无论大，无论小，一起漂流，
而且丧失了原有的形状，
彼此没有区别，好似元素，
汇合了 —— 与那命定的深渊！……

哦，我们的神思所迷恋的
命题啊，这人类的"小我"！
你的意义岂不就是如此？
你的宿命和冰块也差不多。

一八五一年

新　绿

新抽的叶子泛着翠绿。
看啊，这一片白桦树木
披上新绿，多么葱茏可喜！
空气中弥漫一片澄碧，
半透明的，好似烟雾……

多久了，树林在沉睡中
梦着春季，和金色的盛夏，
而现在，这些活跃的梦
初次遇上蔚蓝的天空，
就突现在光天化日之下……

嫩叶受到阳光的洗濯
又投下了新生的阴影，
它们是多么美，多么欢跃！

我们从它们的沙沙响动

可以听出：在这树丛中，

你绝不会见到一片枯叶。

一八五一年

"你不止一次听我承认"*

你不止一次听我承认：
"我不配承受你的爱情。"
即使她已变成了我的，
但我比她是多么贫穷……

面对你的丰富的爱情
我痛楚地想到自己 ——
我默默地站着，只有
一面崇拜，一面祝福你……

正像有时你如此情深，
充满着信心和祝愿，

---

* 本诗是写给杰尼西耶娃的。"无名的天使"指诗人和她所生的第一个
女儿。

不自觉地屈下一膝
对着那珍贵的摇篮；

那儿睡着你亲生的
她，你的无名的天使，——
对着你的挚爱的心灵，
请看我也正是如此。

一八五一年

波浪和思想

思想追随着思想，波浪逐着波浪，——
这是同一元素形成的两种现象：
无论是闭塞在狭小的心胸里，
或是在无边的海上自由无羁，
它们都是永恒的水花反复翻腾，
也总是令人忧虑的空洞的幻影。

一八五一年

"七月的夜毫无凉意"

七月的夜毫无凉意，
炎热，窒息，发着电闪……
天空充满了雷雨，
俯临着昏暗的大地，
每一闪光都使它抖颤……

好像对着大地，天空中
有谁的浓重的睫毛
不断张开，又不断闭拢，
只见那凶恶的瞳孔
迅速闪射，像怒火燃烧……

一八五一年

"黄昏冉冉而来，夜临近了"

黄昏冉冉而来，夜临近了，
山峰的投影越来越长，
天空的彩云已不再燃烧……
日暮了。白天正在渐渐消亡。

我并不痛惜白日的消殒，
也不畏惧黑夜的袭来，
只要你，我迷人的幻影啊，
只要你伴着我，永不离开！

请把你的翅膀给我披上，
使心灵的激动从此平复，
只要这颗心能随你飞翔，
黑夜对于它就是幸福。

但你是谁？从哪里来的？
你是地面的，还是在天之灵？
也许，你确是虚无缥缈的 ——
但却具有女性的热情的心。

一八五一年

"夏天的风暴是多么快活!"

夏天的风暴是多么快活!
它吼叫着,卷起了飞尘,
而雷雨急急推送着乌云
把蔚蓝的天空密密掩遮,
接着疯狂地,像瀑布一样,
整个朝树林猛力扑来,
被袭击的林涛开始澎湃,
阔叶的海洋在颤动,喧响!……

树木的巨人好似突然
被无形的脚踏弯了身躯,
树梢都在急切地低语,
仿佛正为此计议,商谈,——
这时,透过这骤然的繁响,
可以听到小鸟的呼哨,

而且不知从哪儿，飘下了

第一片黄叶，飘到路上……

一八五一年

"我们的爱情是多么毁人！"*

我们的爱情是多么毁人！
凭着盲目的热情的风暴，
越是被我们真心爱的人，
越是容易被我们毁掉！

才多久啊，你曾骄傲于
自己的胜利说："她是我的了……"
但不到一年，再请看看吧，
你那胜利的结果怎样了？

她面颊上的玫瑰哪里去了？
还有那眼睛的晶莹的光，
和唇边的微笑？ 啊，这一切

---

   * 本诗有感于诗人自己和杰尼西耶娃的爱情而作。

已随火热的泪烧尽，消亡⋯⋯

你可记得，在你们初见时，
唉！那初次的致命的会见，——
她的迷人的眼神，她的话语，
和那少女的微笑是多么甜？

但现在呢？一切哪里去了？
这好梦究竟有多少时辰？
唉，它竟好像北国的夏季，
只是一个短暂的客人！

你的爱情对于她来说，
成了命运的可怕的判决，
这爱情以无辜的耻辱
玷污了她，一生都难洗雪！

悔恨的生活，痛苦的生活啊！
只有绵绵无尽的回忆
还留在她的深心里啮咬，——
但连它也终于把她遗弃。

人世对于她成了一片荒凉，
美好的幻景都已逝去……
匆忙的人流把她心中的
鲜艳的花朵踏成了污泥。

从长期的痛苦中，是什么
被她珍藏着，好像珠贝？
那是邪恶的、酷虐的苦痛，
既没有慰安，也没有眼泪！

我们的爱情是多么毁人！
凭着盲目的热情的风暴，
越是被我们真心爱的人，
越是容易被我们毁掉！

一八五一年

命 数

爱情啊，爱情啊，——据人传说，
那是心灵和心灵的默契，
它们的融会，它们的结合，
两颗心注定的双双比翼，
就和……致命的决斗差不多……

在这场不平衡的斗争里
总有一颗心比较更柔情，
于是就不能和对手匹敌，
它爱得越深，越感到苦痛，
终至悲伤，麻木，心怀积郁……

一八五一年

"别再让我羞愧吧：我承认你的指责！"

别再让我羞愧吧：我承认你的指责！
但请相信，在我们两人间，你的命运
更令人羡慕：你爱得真挚、热情，而我 ——
我望着你，只感到苦恼和妒火如焚。

我像个可怜的魔术师，站在自己
创造的奇异世界之前，却毫无信仰 ——
而今，使我脸红的是，我竟把自己
充作你的心灵所膜拜的死的偶像。

一八五一或一八五二年

"你怀着爱情向它祈祷"

你怀着爱情向它祈祷，
它在你心中像一件圣物，
然而命运却把它交给
世人的流言任意凌辱。

没有人能阻拦那一群人
冲进你的心灵的圣殿，
因此你感到那内心的秘密
和膜拜，都已经无可栈恋。

啊，但愿你心灵的翅翼
能超越世人之上翱翔，
从而把它救出这种迫害 ——
这社会的永恒的诽谤！

一八五一或一八五二年

"我见过一双眼睛 —— 啊，那眼睛！"

我见过一双眼睛 —— 啊，那眼睛！
我多么爱它的幽黑的光波！
它展示一片热情而迷人的夜，
使被迷的心灵再也无法挣脱。

那神秘的一瞥啊，整个地
呈现了她深邃无底的生命，
那一片柔波向人诉说着
怎样的悲哀，怎样的深情！

在那睫毛的浓浓的阴影下，
每一瞥都饱含深深的忧愁，
它温柔得有如幸福的感觉，
又像命定的痛苦，无尽无休。

啊，每逢我遇到她的目光，

我的心在那奇异的一刻

就无法不深深激动：看着她，

我的眼泪会不自禁地滴落。

一八五二年

孪 生 子

有一对孪生兄妹，—— 对人来说
就是一对神，—— 那是死和梦；
他们多么逼肖！ 虽然前者
看来比较阴森，而后者温存 ……

但另外还有一对双生兄妹，
世上哪一对比他们更美丽？
也没有任何魅力更可畏，
使心灵感到如此的战栗 ……

他们有着真纯的血缘关系，
只在致命的日子，这兄妹
才以他们不可解的秘密
迷住我们，使心灵为之陶醉。

谁能在情绪充沛的一刻，

当血液既冷缩而又沸腾，

不曾感到过你们的诱惑？

双生兄妹啊，——自杀和爱情！

一八五二年

"哦，我的大海的波浪呀"

像波浪一样无常。①

哦，我的大海的波浪呀，
不羁的波浪，你多么任性！
无论你憩息，或是嬉闹，
你都充满多奇异的生命！

或者在阳光下一片笑靥，
你的笑反映着整个天穹；
或者骚乱，激动，你就把
孤寂的深渊都搅得沸腾；——

我爱听你悄悄的低语，

---

① 原文为法文。

它那么甜蜜，充满了爱情；
但你愤怒的怨声我也懂，
那是你的预见的呻吟。

尽管在粗犷的大气中，
你时而明媚，时而沉郁，
但此刻，在这蔚蓝的夜晚，
请珍惜你所拿去的东西。

那并不是定情的指环
被我投进了你的波浪，
也不是光灿透明的宝石
要请你深深埋入心脏。

不，在这动人神魂的一刻，
我被你的神秘的美所迷，
唉，是我的心，这颗活的心，
不自觉地落入你的海底。

一八五二年

"午日当空，河水亮闪闪"

午日当空，河水亮闪闪，
一切在微笑，万物滋荣，
树林的枝叶欢乐得轻颤，
好似沐浴在蔚蓝的空中。

树木在歌唱，流水在闪耀，
大气之中融合着爱情，
这欣欣向荣的自然界
仿佛充满了过多的生命。

然而，在这过分的欢乐中，
有哪一种欢乐能企及
由你那忍受痛苦的生命 ①
所发的一丝感伤的笑意？……

一八五二年

---

① 指杰尼西耶娃。

"树林被冬天这女巫"

树林被冬天这女巫
用魔咒迷住，呆呆站定，
只见一片冰雪的流苏
垂在额际，它既安静
而又闪着奇异的生命。

啊，它站着，如此固定，
仿佛有美妙的梦缭绕，
既不像死，也不像生，
而是被轻柔、松软的镣铐
整个捆住，捆得牢牢……

不管冬日太阳的光线
怎样对它斜送眼波，
林中也不见一丝轻颤；

那时，它像全身烧着火
闪着光灿夺目的美色。

一八五二年

最后的爱情

啊，在我们迟暮残年的时候，
我们会爱得多痴迷，多温柔……
行将告别的光辉，亮吧！亮吧！
你最后的爱情，黄昏的彩霞！

夜影已遮暗了大半个天空，
只有在西方，还有余晖浮动；
稍待吧，稍待吧，黄昏的时光，
停一下，停一下，迷人的光芒！

尽管血管里的血快要枯干，
然而内心的柔情没有稍减……
哦，最后的爱情啊！你的激荡
竟如此幸福，而又如此绝望！

一八五二至一八五四年

一八五四年的夏天

多么美丽的夏天，多么迷人！
简直像是魔法师使用幻术；
唉！为什么要如此炫示给我们？
我要问：这究竟是什么缘故？……

我迷惑不解地望着天空，
这阳光，这景色，太耀人眼睛……
这是不是有意对我们嘲弄？
不然，何必要如此笑盈盈？

唉，当少女的眼睛和嘴唇
对我们微笑时，岂不就是这样？
这笑意已不能使迟暮的老人
倾心和迷醉，除了使他怅惘！……

一八五四年

"这一条电线的铁丝"

这一条电线的铁丝
从海洋直达到海洋，
它有时对人宣告着
多少光荣，多少悲伤！

旅人一路上不停地
望着它，因为有时候
预卜的鸟儿就坐在
通讯的电线上啁啾。

看，一只乌鸦从林中
飞出来，落在电线上，
一面聒噪，一面快活地
跳来跳去，扇着翅膀。

它尽在啼叫和欢舞

而不离去：是不是它从

塞瓦斯托波尔 ① 的电讯

嗅到了死人的血腥？

一八五五年

---

① 在克里米亚战争时期，这曾是一座被围的城。

"穷困的乡村，枯索的自然"

穷困的乡村，枯索的自然：
这景色哪有一点点生气？
你长期来忍受着苦难，
啊，你这俄国人民的土地！

异邦人的骄傲的眼睛
不会看到，更不会猜想
在你卑微的荒原的底层
有一些什么秘密地发光。

祖国啊，在你辽阔的土地上，
那背负着十字架的天主
正把自己化作奴隶模样
向你的每一个角落祝福。

一八五五年

"在生活中有一些瞬息"

在生活中有一些瞬息，

 我无法用言语表述，

仿佛我把世界都已忘记，

 暂享一刻天庭的幸福。

在我头上，喧响着一片

 高耸云霄的、碧绿的树，

只有鸟儿在和我对谈，

 谈着那些奇异的事物。

一切虚伪和无聊的言语

 都已远远地离开耳边，

而一切不可能的、美妙的，

 都亲切地飘到了心间；

一个可爱而甜蜜的世界

 充塞着、抚慰着我的胸怀，

而我被美梦轻轻地摇曳 ——

时光啊，暂伫吧，不要移开！

一八五五年

"初秋有一段奇异的时节"

初秋有一段奇异的时节，
它虽然短暂，却非常明丽 ——
整个白天好似水晶的凝结，
而夜晚的天空是透明的 ……

在矫健的镰刀游过的地方，
谷穗落了，现在是空旷无垠 ——
只有在悠闲的田垄的残埂上
还有蛛网的游丝耀人眼睛。

空气沉静了，不再听见鸟歌，
但离冬天的风暴还很遥远 ——
在休憩的土地上，流动着
一片温暖而纯净的蔚蓝 ……

一八五七年

"炙热的阳光溢满树丛"

炙热的阳光溢满树丛，
看，树叶绿得多么耀眼！
在树阴里，是怎样的倦慵
飘下每一片叶，每条枝干！

让我们走进林子，在山泉
所灌溉的树根上憩息，
那儿正有一片暗影飘旋，
而泉水在幽静中低语。

浸沉在日午的炎热中，
林顶在我们的头上梦呓，
只有时候，苍鹰的叫声
从高空传来，打破了静寂。

一八五七年

"她坐在地板上，面对着"

她坐在地板上，面对着
一大堆旧日的书信，
她每捡一些，就投在
纸筐中，像冷了的灰烬。

她拿起那熟悉的信笺，
望了望，仿佛很诧异，
仿佛是幽灵从天界
望着自己抛下的躯体……

唉，这里有多少心绪，
多少一去不返的生命！
不知有多少痛苦的时刻，
多少死去的欢乐和爱情！……

我沉默地站在一边，

很想跪下来向她求情 ——

仿佛我替那本来是

可爱的幽灵，感到很伤心。

一八五八年

"皇村花园的暮秋景色"

皇村花园的暮秋景色
是可爱的：被静静的一片
半透明的雾霭笼罩着，
仿佛它正在睡意绵绵。
在湖水的晦暗的镜面上
掠过了一群白翅的幻影，
啊，它们多么恬静，多么安详，
默默飞进那茫茫的雾中！……

女皇的宫室一片沉静；
在那花岗石的台阶上
十月的黄昏已把暗影
早早地铺下；和树林一样，
花园的幽暗也逐渐加浓；
繁星点缀着夜的幕帷——

这时啊，你能看见一座金顶

在闪耀，仿佛过去的光辉……

一八五八年

归　途

一

凄凉的景象，凄凉的时刻，
我们在躜赶着迢遥的路程……
看，在夜空上，苍白得像幽灵，
升起了月亮；而从雾霭中
闪出了那荒无人迹的远方……
　　不要忧郁吧，路途还很长……

啊，就在此刻，在我们曾经
留下足迹的遥远的南国，
同是这个月亮，正映影在
莱芒湖①的碧波上，却更灵活……

---

①　莱芒湖，在瑞士的日内瓦，即日内瓦湖。

啊，奇异的景色，奇异的地方——

　　不要回忆吧，路途还很长……

二

乡土的景色啊……那远方

　　被大块大块的雪云所弥漫，

泛着蓝色；而凄清的树林

　　笼罩着一片暮秋的幽暗……

到处是赤裸的、无边的荒凉，

　　一样的单调、死寂、无声……

只有些斑斑点点的闪光，

　　那是死水刚刚结的一层冰。

这儿没有声音、色彩、活动，

　　生命消失了……一切都听从

命运的摆布，像已昏迷、无力，

　　而人，只有蜷伏着做梦。

好像日色，他的目光是暗淡的；

　　尽管也看过南方，谁能相信

那儿会有彩虹色的山峰

在蔚蓝的湖水里闪着眼睛？

　　　　　　　　　　一八五八年

腊月的破晓

中天一轮明月 —— 夜影
还在主宰人间，浓浓密布，
它没有感到白日已经
在暗暗地准备一跃而出；

尽管懒洋洋的光亮
一线接一线地探出头来，
但有什么用？在天空上
依旧是黑夜的胜利的主宰。

然而，不过几个瞬息，黑夜
就在大地上烟消雾散，
不料白天的灿烂的世界
竟突然在我们周围呈现……

一八五九年

"尽管我在山谷中营着巢"

尽管我在山谷中营着巢，
但有时，连我也感到
在山顶上飘流的空气
是多么爽神，多么美好！
我们的心胸一直企望
摆脱这浑浊的气层，
在那高山上自如地呼吸，
再也没有什么窒息心灵！

对着高不可攀的峻岭
我呆立着，凝视了几点钟，
仿佛高山的寒气和露水
在朝我们汩汩地奔涌！
突然间，在洁净的白雪上
有什么灿烂光辉地一闪，

啊，那岂不是天使的脚

悄悄走过绝壁的顶巅？……

一八六一年

"我认识她时，还是当她"

我认识她时，还是当她
正处在神话的年代中，
那时候，在晨光之下，
原始时代的一颗星
刚刚没入碧蓝的天空……

那时她还没有摆脱
曙光之前的一层幽暗，
而且充满清新的美色，
正当露水落在花间，
悄悄无声，也看不见……

那时她的整个生命
是如此纯洁，如此完美，
一点也没有沾上凡尘，

而她的消失，我以为，
也好似星星没入晨辉。

一八六一年

"嬉笑吧，趁这时在你头上"

嬉笑吧，趁这时在你头上
还是蔚蓝无云的天空；
和人间戏弄，和命运戏弄吧，
你啊 —— 一心渴望暴风
你啊 —— 只要生活在斗争中。

我常常怀着沉郁的思潮
看到你如此充满朝气，
泪水不禁蒙住我的眼睛……
为什么？我们有什么共同的？
你正迎着生活 —— 而我将离去。

我听着刚刚苏醒的白日
在讲着它清晨的梦幻……
然而，那随后的活跃的雷雨，

热情的眼泪，激荡的情感 ——
不，这一切都将和我无缘！

但也许，在夏日的炎热中，
你会想起自己的春光……
啊，但愿你也想到这一刻，
好像那破晓前模糊的梦象
有时会不意地浮在心上。

一八六一年

"好似在夏日，有时候小鸟"*

好似在夏日，有时候小鸟
从窗口突然飞到屋里来，
随着它流进了生命和光明，
使一切栩栩生动，焕发色彩；

它从外界 —— 从蓬勃的自然
给我们暗淡的一角带来了
碧绿的树林，淙淙的流水，
和那蔚蓝的天空的闪耀；

和小鸟一样，她，我们的客人，
尽管来得短暂，又如此轻灵，

---

* 本诗所写的少女是纳杰日达·谢尔盖耶夫娜·阿金菲耶娃，她是外交
部长戈尔恰科夫的甥女。第十九和二十行诗句影射戈尔恰科夫对她的
迷恋。

在我们这拘谨的小世界里，
她的莅临却把一切唤醒。

生命突然被点燃了起来，
变得活泼、热炽，迸出火花，
连彼得堡的冰冷的夏天
也好似被她的光彩融化。

连老成持重的都年轻了，
连博学的都要重作学童，
我们看到，那外交界的迷阵
都随着她的意愿而转动。

连我们的房子也像活起来，
高兴有了这样的客人，
吵闹的电报不再放肆，
我们有了更安静的气氛。

可惜这魅力是短暂的，
我们的来客只待了一瞬息
就必须和我们告别了，
但我们很久、很久不能忘记

那不平凡的美丽的印象，
那玫瑰色的面颊的酒涡，
那具有磁石吸力的身材，
那优美的线条，柔和的动作，

还有彩虹的笑，清脆的声音，
和那眼睛的狡猾的闪耀，
啊，还有那细长的金色发丝，
连仙女的手指都难以抓到。

一八六三年

"北风息了……日内瓦湖上的"

北风息了……日内瓦湖上的
碧蓝的波浪也跳得和缓，
小舟又浮泛在水面上，
天鹅又把水荡出一圈圈。

像夏天一样，太阳整日燃烧，
斑斓的树木在阳光下闪耀，
空气以柔波轻轻抚慰着
它那衰败的、彩色的枝叶。

在那边，白峰① 从清晨起
就脱下了云雾的衣裳，
它庄严而宁静，寒光灼灼，

---

① 瑞士的一座名山，常年积雪，故称白峰。

好像神的启示写在天上。

在这儿，这颗心本可把一切
都忘了，也忘了自己的痛苦，
假如在远方 —— 在故国 ——
能够减少那一座坟墓 ①。

一八六四年

① 指杰尼西耶娃的坟墓。

"哦，尼斯！这南国明媚的风光!……"

哦，尼斯！① 这南国明媚的风光!……

这温暖的太阳使我多么不宁!

生命像一只鸟，想展翅飞翔，

然而它不能；只有望着天空

白白张开它已折断的翅膀

扑打着，却无法一跃而起，

终于它还是依附在尘土上，

由于无能和痛楚而轻轻战栗……

一八六四年

---

① 尼斯，法国的城市。

"一整天她昏迷无知地躺着"*

一整天她昏迷无知地躺着，
夜的暗影已把她整个隐蔽。
夏日温暖的雨下个不停，
雨打树叶的声音是那么欢愉。

以后她在床上缓缓地醒来，
开始听着淅淅沥沥的雨声，
她凝神听着，听了很久，
似已浸沉在清醒的思索中……

好像她在和自己谈话，
不自觉地脱口说了出来：
（我伴着她，虽僵木，但清醒）

---

* 本诗所写的，是杰尼西耶娃的临终时刻。

"啊，这一切我多么喜爱！"
················

你在爱着，像你这种爱啊，
不，还没有人能爱得这么深！
天哪⋯⋯受过这一切，而还活着⋯⋯
这颗心怎么还没有碎成粉⋯⋯

一八六四年

"夜晚的海洋啊，你是多么美 ——"

夜晚的海洋啊，你是多么美 ——
那儿一片暗蓝，这儿粼粼闪耀，……
在月光之下，起伏的海水
像充满生命般呼吸，闪动，奔跑……

在这自由、广阔的领域中，
只见灼烁和活力，轰鸣和澎湃……
而月辉洒在海上一片朦胧，
在夜晚的荒芜里，你多么自在！

巨大的波浪，海洋的波浪啊，
你为谁的节日这么欢腾？
滚滚的浪涛奔跑，闪烁，轰响，
伶俐的星星在高空映着眼睛。

我对着这一片动荡和光影

看得出了神，恍如做梦，

啊，我多么渴望把整个心灵

深深浸入那大海的魅力中……

一八六五年

"不管她怎样爱着，怎样痛苦"

不管她怎样爱着，怎样痛苦，
但若是上天不同意，——唉，心灵！
你苦到头还是得不到幸福，
这爱情徒然把心血耗尽……

心啊，心啊，爱情是你的渴望，
你的苦痛！你把一切情思
都只向神圣的爱情献上，
但愿上帝给你幸福的恩赐。

他是仁慈的，无所不能的，
他温暖的光辉不仅能照到
地面上盛开的花，也能被及
海洋底层的纯洁的贝壳。

一八六五年

"在我的痛苦淤积的岁月中"*

在我的痛苦淤积的岁月中，
有一些时日比悲伤更可怕……
那沉重的时刻，致命的负担，
我的诗也无法承受，无法表达。

突然一切静止。眼泪和悲哀
全闭塞了，只剩下空虚和幽暗；
过去不再像幽灵轻轻地回翔，
而是埋葬在地下，像死尸一般。

唉，埋葬了！面前是明朗的现实，
然而没有爱情，没有一丝阳光：
是这么一个冷酷无情的世界，

---

* 本诗为悼念杰尼西耶娃而作。

不知有她，把她已经完全遗忘！

而我孤独的，带着呆滞的忧郁，
我想认识自己，但这也困难 ——
好像一只残破的小船被波浪
抛到了荒芜的、无名的岸沿。

天啊，还给我灼热的痛苦吧，
驱散我心灵的死沉沉的麻木；
你夺走了她，但请留给我
对她的回忆，那活跃的痛苦，——

让我想着她，想着她曾怎样
在无望的奋斗中自强不懈，
不顾人言，也不顾命运的指令，
她竟爱得这么火热，这么炽烈。

想着她，想着她吧！ 她虽不曾
战胜命运，却也不曾被它驱遣；
想着她，想着她吧！ 到死为止，
她都会受苦，祈祷，虔信和爱恋。

一八六五年

190

"在海浪的咆哮里有一种节拍"

河边的芦苇中有音乐的和声。①

在海浪的咆哮里有一种节拍，
在元素的冲击里有一种和声，
当芦苇在河边轻轻地摇摆，
簌簌的音乐就在那儿流动。

万物都有条不紊，合奏而成
一曲丰盛的大自然的交响乐，
只有在我们虚幻的自由中，
我们感到和自然脱了节。

噫，为什么要有这种不谐和？

---

① 原文为拉丁文。

为什么在万物的大合唱里，

这颗心不像大海一般高歌？

或像沉思的芦苇那样低语？

一八六五年

"东方在迟疑，沉默，毫无动静"*

东方在迟疑，沉默，毫无动静；
到处屏息着，等待它的信号 ……
怎么？ 它是睡了，还是要等等？
曙光是临近了，还是迢遥？
当群山的顶峰才微微发亮，
树林和山谷还雾气弥漫，
城市在安睡，乡村无声无响，
啊，这时候，请举目望望天 ……

你会看到：东方的一角天空
好像有秘密的热情在燃烧，
越来越红，越鲜明，越生动，
终至蔓延到整个的碧霄 ——

————————

* 本诗以象征的手法，写出东方斯拉夫民族的政治觉醒。

只不过一分钟，你就能听到

从那广阔无垠的太空中，

太阳的光线对普世敲起了

胜利的、洪亮的钟声……

一八六五年

"在那潮湿的、蔚蓝的天穹"

在那潮湿的、蔚蓝的天穹,
多么鲜明,多么出乎意外!
突然有一座拱门横空,
闪着刹那的胜利的光彩。
它的一端伸到树林中,
另一端消失在白云间,
这圆拱拥抱了半个天空,
越高越邈远,终至看不见。

啊,这一片五色的幻影
对眼睛是怎样的欣慰!
它只是暂时地给了我们,
抓住它吧,趁它还没有飞!
看,它已经逐渐暗淡了,
再过一分钟,两分钟 —— 怎么?

消失了！——就像你赖以生活、
赖以呼吸的东西，整个隐没。

一八六五年

"夜晚的天空是这么阴沉"

夜晚的天空是这么阴沉，
不像在皱眉，也不像脑中
郁闷的思绪；那漫天乌云
倒像凋残的、凄苦的梦。
只有火焰般闪电的光辉
不断把阴霾的天点燃，
仿佛那是聋哑的魔鬼
在天边用暗号彼此商谈。

仿佛按照约定的暗示，
天空突然闪出一条光带，
于是，从远近一片幽暗里
树林和田野呈现了出来。
但只一瞬，一切又没入
敏锐的暗影中，一片沉静 ——

好似有什么秘密的事务

刚刚在天上获得协定。

一八六五年

"我的心没有一天不痛苦"

我的心没有一天不痛苦，
往事的回忆尽把它煎熬；
唉，语言又怎能把心事表述！
它只有一天天地萎缩，枯凋。

这好似怀着火热的渴望，
一个天天想念故乡的人
忽然听到了大海的波浪
已使他的乡里永远沉沦。

一八六五年

"金碧辉煌的楼阁，静静地"

金碧辉煌的楼阁，静静地
倒映在湖水里，随波荡漾，
啊，多少逝去的英雄淑女
曾经伫立在湖边观望。
太阳在燃烧，生活在变幻，
然而奇异的是，就在这
无常的生活和太阳下面，
逝者常青，不减当年的美色。

金色的太阳照耀着天空，
湖水的涟漪灼灼闪耀……
在这儿，过去的辉煌的梦
仿佛还在波光中明灭；
它正无忧地、甜蜜地睡着。
奇异的梦啊，连那突然间

掠过高空的天鹅的歌

都没有能惊扰它的安恬⋯⋯

一八六六年

"我又站在涅瓦河上了"

我又站在涅瓦河上了,

而且又像多年前那样,

还像活着似的,凝视着

河水的梦寐般的荡漾。

蓝天上没有一星火花,

城市在朦胧中倍增妩媚;

一切静悄悄,只有在水上

才能看到月光的流辉。

我是否在做梦? 还是真的

看见了这月下的景色?

啊，在这月下，我们岂不曾

一起活着眺望这水波？①

一八六八年

---

① 这里写出对杰尼西耶娃的忆念。

"白云在天际慢慢消融"

白云在天际慢慢消融；
在炎热的日光下，小河
带着炯炯的火星流动，
又像一面铜镜幽幽闪烁……

炎热一刻比一刻更烈，
阴影都到树林中躲藏；
偶尔从那白亮的田野
飘来阵阵甜蜜的芬芳。

奇异的日子！多年以后，
这永恒的秩序常青，
河水还是闪烁地流，
田野依旧呼吸在炎热中。

一八六八年

"无论别离怎样折磨着心"

无论别离怎样折磨着心，
我们从没有对它屈服 ——
现在我们才知道，有比别情
更难以忍受、更深的痛苦。

分离的时刻已经过去，
我们的心并没有变冷，
只是有一块纱帷被悬起，
使我们看彼此有些朦胧。

我们知道，在这烟幕后面
是那使心灵最向往的一切；
仿佛有些什么隐而不见，
奇异而缥缈 —— 却没有宣泄。

这样的捉弄是为了什么？
心灵不自觉地感到困窘，
尽管不情愿，它还是随着
怀疑的轮子旋转个不停。

分离的时刻过去了，然而
我们在这相会的良辰，
却不敢触动或稍稍撩开
那纱帷：啊，它是多么可恨！

一八六九年（？）

给 Б.*

我遇见了你 —— 那逝去的一切
又在我苍老的心中复燃，
我回忆起那金色的时光，
啊，我的心又变得如此温暖……

就好像在凄凉的晚秋季节，
常常会有那么一阵时光
忽然像是飘来了春天，
使我们的心不禁欢欣激荡；——

过去年代的心灵的丰满

---

* 本诗是写给克吕德纳男爵夫人的，他们相会于卡尔斯巴德，这时她已
再嫁阿德勒伯格伯爵。丘特切夫早年所写的《"啊，我记得那黄金的
时刻"》就是为她而作。（俄文字母"Б"发音类似英文字母"B"。——
编者注）

又在我的胸中轻轻浮动，
我怀着久已忘却的欢乐
望着你的亲切的面容……

我看着你，仿佛是经过了
永世的别离，又像是在梦中，
而渐渐——越来越清楚地听到
我那从未沉寂的心声……

啊，这不仅仅是回忆而已，
整个生命又燃烧得旺盛；
你的魅力还和以前一样，
我心中的爱情也没有变更！……

一八七〇年

"我们遵从统率的旨意"

我们遵从统率的旨意
做着禁闭"思想"的卫兵，
虽然一支枪拿在手里，
我们对这职务却不热心。

我们不情愿地握着武器，
很少对"思想"发威，宁愿
把她当作上宾，待之以礼，
而不当作阶下的囚犯。

一八七〇年

"在这儿，生活曾经如何沸腾"

在这儿，生活曾经如何沸腾，
人喊马嘶，血水流成了河！
但那一切哪里去了？而今
能看到的，只有坟墓两三座……

是的，还有几株橡树在坟边
生得枝叶茂盛，挺拔动人，
它们喧响着 —— 不管为谁追念，
或是谁的骨灰使它们滋荣。

大自然对于过去毫不知道，
也不理会我们岁月的浮影；
在她面前，我们不安地看到
我们自己不过是 —— 自然底梦。

不管人做了怎样无益的事业，
大自然对她的孩子一视同仁；
依次地，她以她那吞没一切
和创造一切的深渊迎接我们。

一八七一年

失 眠 夜

在城市的荒原中，在深夜里，
有一个时刻令人沉思郁郁；
整个城市都铺着一层夜影，
到处加倍的昏黑，一切肃静
而沉默；月亮开始在天际呈现，
透过夜雾，洒下灰蓝的光线。
只有远方迷离的几座教堂
这时露出金顶，闪着忧郁的光，
啊，好像黑暗张着野兽的嘴
阴森森的，和不眠的眼睛相对；
我们的心会像弃婴一般，
对生命，对爱情嚎叫和哭喊，
但有什么用？它白白在祈祷，
周围一切是荒凉，黑暗和寂寥！

可叹它的哀呼顶多也只能

延续一两刻，以后就衰弱，沉静。

一八七三年

译 后 记

费奥多尔·伊万诺维奇·丘特切夫（1803—1873）是一个极有才华的俄国诗人，以歌咏自然、抒发性情、阐扬哲理见长，曾一度受到同时代作家的热烈称颂。但他生前很少发表作品，读者面狭窄。上世纪①五十年代以后，人们对他相当冷漠。直至九十年代中期，俄国诗坛上出现了象征派，才把他当作象征主义诗歌的鼻祖，重新加以肯定。至于他的诗作大量出版并得到认真的研究，则是十月革命后的事。

对于我国读者来说，这个诗人的名字还比较陌生。因此，译者想根据有关的俄文资料作一综合的介绍，就中有些地方自然也写到个人的一些见解和体会。

---

① 指十九世纪。——编者注

一

一八〇三年十二月五日，丘特切夫诞生在奥廖尔省奥夫斯图格村一个贵族家里。他的童年是在莫斯科度过的。父母把当时的诗人谢·叶·拉伊奇（1792—1855）请来做他的家庭教师，因此从幼年起，丘特切夫就熟读诗歌，喜欢写诗。十四岁的时候，他在"俄国文学爱好者协会"朗诵了自己的一篇译诗，被选为该会的会员。

他在家读完中学课程以后，于一八一九年进入莫斯科大学，一八二一年毕业。次年他被派往驻巴伐利亚的使馆工作，从此一连在国外生活了二十二年，并两次和外国女子结婚。这二十二年当中，他多半住在慕尼黑。

在慕尼黑的社交界，丘特切夫很活跃，不久就崭露头角，一八二六年和一位年轻的贵族寡妇爱琳娜·彼得孙结了婚。通过妻子的关系，丘特切夫和巴伐利亚的贵族过从更密了。当时慕尼黑是欧洲的文化中心之一，虽然丘特切夫在使馆中地位低微，甚至在任职十五年之后仍旧是个低级秘书，但他既博学而又善于谈吐，他的隽智引起了文人的注意。诗人海涅和他很熟悉，把他称为"自己在慕尼黑的最好的朋友"。丘特切夫译了海涅不少篇诗，并受到他的诗歌的相当影响。唯心主义哲学家谢林也是丘特切夫的朋友，尽管丘特切夫曾和他争论得很激烈，他仍然认为丘特切夫是"一个卓越的、最有教养的人，和他往来永远给人以欣慰"。这两位著名的德国友人所以如此重视他，倒不是因为他写诗：他们多半还不知道他是诗人呢；他们喜欢的是他的智慧和非凡的记忆力，是他对文学、科学、政治和哲学的浓厚兴趣。

在慕尼黑期间（1822—1837），丘特切夫写了几十首抒情诗，其中有不少篇是他早期的杰作，例如《春雷》《不眠夜》《病毒的空气》《西塞罗》《"好似把一卷稿纸放在"》《沉默吧！》《"啊，我记得那黄金的时刻"》《海上的梦》《"不，大地母亲啊"》《"灰蓝色的影子溶和了"》《"午夜的大风啊，你在哀号什么？"》等。从当时俄国诗歌的全景来看，这些诗无论在形象、构思或语言的情调上，都带有鲜明的独创风格。

一八三六年，丘特切夫把自己的一组诗寄到彼得堡，由诗人维亚泽姆斯基和茹科夫斯基转到普希金手里。三位诗人都很赞赏这些作品，据说普希金阅读后很兴奋，把诗稿带在身上有一星期之久，以后选出二十四首，分两批连续发表在他主办的《现代人》杂志上。

一八三七年，丘特切夫因家庭纠纷，被调到撒丁王国（今意大利境内）首府都灵的俄国使馆任职。都灵既不是文化中心，又远离他所熟悉的朋友。据诗人自己说，他在那里生活的两年，就和流放差不多。他到任后刚一年，便经历了丧妻的悲痛，接着又由于工作上的严重失误而被免职。

从一八三九到一八四四年，他和续弦夫人厄尔芮斯金娜在慕尼黑赋闲。这期间，他用法文写了一篇题名《俄国与德国》的文章，认为这两个国家应通力合作以对付法国。文章于一八四四年以小册子的形式出版，颇引人注意，据说曾得到沙皇尼古拉一世的赞赏。也许因为这个缘故，丘特切夫又恢复了官职，并于同年秋天调回俄国，仍留外交部。一八四八年，他担任该部的外国书刊审查官，十年后改任外国书刊审查委员会主席，直到逝世。

丘特切夫终其一生，不过是沙皇政权的一名官吏，事迹很平凡。然而在创作上，他的经历却比较复杂。二十年代时，他有过爱自由的思想，曾写过响应普希金《自由颂》的诗。但随着欧洲各种革命事件的发展，他逐渐趋于保守。在四十年代，他作诗甚少，政治观点带有泛斯拉夫主义的色彩，主张俄国联合斯拉夫各民族来对抗西方和革命，以宗法社会的道德和基督教的自我牺牲及忍让精神来排斥资本主义社会的自私自利的个人主义。他的一些政论文和政治诗就表达了这种见解。但这只是丘特切夫的一个方面。他还有一个方面，那是他的隐藏在生活表层下的深沉的性格。他把这另一个自己展现在他的抒情诗中，在那里，他仿佛摆脱了一切顾虑、一切束缚，走出狭小的牢笼，和广大的世界共生活，同呼吸，于是我们才看到了一个真正敏锐的、具有丰富情感的诗人。关于他这种双重性，屠格涅夫很早就说过："他是个斯拉夫主义者，但不是在他的诗中；而那些使他表现为斯拉夫主义者的诗，也只是一些恶浊的诗。"

从四十年代末至五十年代初，是丘特切夫诗歌创作的高潮期。这个期间，评论界开始全面论述他的诗。一八五〇年，涅克拉索夫首先在《现代人》上著文推荐。这篇文章虽然名为《俄国的第二流诗人》，涅克拉索夫却认为丘特切夫"肯定是俄国的第一流诗才"，并且说：丘特切夫的"主要优点在于对自然作了生动、雅致和形象逼真的描绘"。

丘特切夫的第一本诗集于一八五四年出版。这是由屠格涅夫编定的，诗人自己并未参与其事。它辑录了约一百首诗，先是作为《现代人》杂志的增刊，以后才单独成书。诗集问世后，屠格涅夫写了一篇书评推崇丘特切夫说："如果我们没有弄错的话，他的每篇诗都发自一个思想，但这个思想好像一个星火，在深挚的情感或强烈印象的影响下燃烧起来；因此，由于丘特切夫君的作品的这一特点——如果可以这样说的话，——他的思想对于读者从来不是赤裸的、抽象的，而总是和来自心灵或自然界的形象相融合，不但深深浸润着形象，而且也不可分地、连续地贯穿在形象之中。丘特切夫君的诗歌的抒情境界是不平常的，几乎是瞬息即逝的，这使他必须写得短小，仿佛他是把自己局限在腼腆的、精致的小小范围内。"

同时，车尔尼雪夫斯基、杜勃罗留波夫、托尔斯泰等也从各种不同的角度对丘特切夫下过评语，一致承认他拥有杰出的诗才。

五十至六十年代，丘特切夫创作了他最优秀的情诗，即"杰尼西耶娃组诗"。叶连娜·杰尼西耶娃是他两个女儿就学的那所学院院长的侄女，从一八五〇年起，双方相爱了十四年，直到杰尼西耶娃因肺病去世为止。这期间，丘特切夫和她组织了另一个家庭，并生了三个子女，这件事招来社会的非议和宫廷的不满，而舆论的压力都落在女方的头上。虽然两人都非常痛苦，但爱情并未因此而减弱。一八六四年，杰尼西耶娃的死引起诗人深深的悲伤，这使他继情诗之后，又写出一些动人的含蓄的悼亡诗。

一八七三年一月，丘特切夫患了瘫痪症。在病床上，他对生活的兴致不减，仍旧约人来谈政治和文学等问题，并写了不少诗和信。同年七月二十七日在皇村逝世。

二

作为诗人的丘特切夫成长于十九世纪二十年代和三十年代之间。那时的欧洲经历了法国大革命的风暴，新的、资产阶级的社会秩序已逐渐形成。旧的道德观念和生活方式虽然还保持着残骸，但是在新生力量的冲击下，已经摇摇欲坠了。人民革命运动和民族自决运动风起云涌，席卷着希腊、法国、波兰、比利时、意大利、德国等地，预示着巨大的变革即将到来。

正是在这种时际，丘特切夫从落后的、封建宗法制的俄国，来到了被新潮流冲击着的西欧，而且在那儿长期生活着、观察着、体验着。他的生活背景以及他所处的特殊地位，使他比别人更敏锐地感到了这个新变化的内容、幅度和必然性。他预料革命也必然会降临到俄国。诗人的双重性的根源也就在这里，他既热烈地渴求生活的和谐与平静（这是由于他早年的教育的影响），也对历史的变革、对社会与生活的风暴有深刻的共感（这是新兴时代的精神给他的感染）。请看他在一八三〇年所写的《西塞罗》吧，这首诗是有感于法国的一八三〇年七月革命而写成的。诗人在这里借古典而咏今事。他一方面和古罗马的政治家西塞罗一样，对罗马帝国的衰亡难免感伤，但另一方面也感到，衰亡乃是自然的过程，是不可避免的，罗马虽然沉没在黑夜里，但是仍将有白天和新世界的出现，而诗人赞美着这死亡与新生交替的一刻：

　　　　幸运的人啊！只要能看到
　　　　世界的翻天覆地的一刻——

只要是能被众神邀请

作为这一场华筵的宾客，

那他就看到庄严的一幕……

试问若是反对革命，怎能对革命写出这样的诗来？他所憧
憬的巨大变化，当然只不过是资产阶级革命所造成的幻象，
由于在一定历史时期内，它是朦胧的，未定型的，所以还
给人以热烈的期望。但这儿重要的不是诗人是否看清了这
一革命的性质，而是他能和当时要求革命的广大人民一起，
渴望一个新的美好的世界从旧世界的废墟中诞生出来；他
的诗就是通过对朦胧的新世界的赞美而表达了这一渴望。
再看他所写的《阿尔卑斯》，其中也涉及死亡和新生的过程：

阿尔卑斯的雪山峻岭

刺透了湛蓝的夜幕，

峰峦睁着死白的眼睛

给人以彻骨的恐怖。

虽然都在破晓前安睡，

却闪着威严的容光，

雾气缭绕，峥嵘可畏，

像一群倾覆的帝王！

但只要东方一泛红，

死亡的瘴气便消散，

最高的山峰像长兄

首先亮出他的冠冕；

接着，曙光从高峰流下，

把辅峰也都一一点燃，

顷刻间，这复活的一家

金冠并呈，多么灿烂！……

诗人指出：虽说这些雪山已经死了，却还"像一群倾覆的帝王"，给人以权势之感。这个比喻，立刻使阿尔卑斯山扩大为整个世界，使读者想到全体帝王的覆灭，想到他们虽然还有权势，还"可畏"，却已是死了，只等待自然的程序来把他们根本消除。接着，诗中就指明：世界虽然死亡，但在死亡的基础上有新生；"只要东方一泛红"，我们就看到一片重新形成的、灿烂的风景。这篇诗的前后两节，是一个多么鲜明的对照啊！诗人把垂死的世界写得那么阴森可怕，又把新生的世界写得那么欢腾可喜！同是那些峰峦，它们在黑夜，彼此间的关系是敌对的，各不相容的，像一个个的帝王；可是在新生的世界里，它们却亲如手足，如"复活的一家"，个个光辉灿烂。这里岂不正是对新世界的无比的赞美？诗人对新世界的喜悦，固然不总是如此直接陈述出来的；更常见的，是他从自然的描写中，透出一种极为清新的感觉，好像诗人是从暴虐的环境中刚刚挣脱出来，对着新的天地不自禁地舒了一口气。（如《夏晚》《山中的清晨》《雪山》《恬静》。）在《山中的清晨》里，我们看到：美好的清晨，天空蔚蓝的笑，露珠铺满的山谷——这一切都是在"一夜雷雨"后诞生的；由于想到它所经历的狂暴的时刻，这新生的清晨更显得英挺刚劲了；而在这美好的境界中，诗人还不忘记提醒我们那已被推翻的旧世界的遗迹：

> 仿佛于高空中倾圮着
> 那由魔法建成的宫殿。

诗人的心灵不仅仅向往一个洁净的、清新的世界，而且常常和产生新世界的风暴起着共鸣。在《西塞罗》中，他喜爱社会历史的风暴；在《"午夜的大风啊，你在哀号什么？"》中，他有感于自然间的狂风，对它又害怕，又"感到多么亲切，听得多凝神！"因为它和他心中的风暴相呼应，对他讲着"心灵所熟悉的语言"。

在革命的风暴之前，诗人不能不感到他所熟悉的那个社会秩序的脆弱和不稳定，不能不感到自己在生活中的孤立无援。这种空虚、疲弱、孤独之感，构成他的诗歌的另一潜流，恰恰是和风暴、雄壮与饱满的感觉对立的。一八二九年的《不眠夜》，就是写出自己的世界将被时代冲毁、被人们遗忘的悲哀。在丘特切夫的诗中，我们时常遇到两类概念、两类形象，它们是对立的，例如"海"和"梦"，"山顶"和"山谷"，"日"和"夜"，文明和自然，社会和"混沌"……这些概念构成他的抒情诗的哲学体系，不理解他所赋予它们的涵义，就不易理解他的诗。

丘特切夫在诗里常常使用"混沌""深渊""元素""夜灵""无极"这些名词，因此，过去唯心主义的批评家和诗人，就给他的诗以神秘主义的解释，认为其中传达着超现实的音讯。这种解释忽视了一个重要事实，即一个深刻的诗人的诗总是和现实相结合着的；他的概念或感觉都必植根于他的社会生活的土壤中。即使他受着某种哲学的影响，那最终原因也必是为他的生活感受所决定着的。

总的说来，丘特切夫由于生活在巨大变革的时代中，由于出身于没落阶级而深感在现存秩序（无论自然或社会）的表面稳定下，存在着暴乱的力量；在人的明显的意识下，存在着混乱的根源（或潜意识）。他把这一切隐秘的力量，统称为"混沌"或"元素"；他认为社会、自然和心灵，都是出自一个"深渊"——"混沌"；在"混沌"中，由"元素"构成有条理的世界，这就是我们所习见的秩序，所喜爱的光影声色，所享受的文明。他把这一切和"白天"联系起来。

但"白天"是不稳定的、表面的，它只是"一层金色的帷幕"（见《日与夜》）。与"白天"对立的，是"精灵的世界"，是"混沌"，它吞没一切，诞生一切。只有"混沌"才是真实的、永恒的，而我们所生活、所意识到的世界，在诗人看来却如浮光掠影。对于"混沌"所具有的原始力量，诗人又是怕、又是迷恋。这原因，也是不难从他的生活感受来推测的。因为，虽然革命的风暴与他的心情一致，革命却终究会摧毁他自己和他所从属的那一阶层。而可贵的是：尽管如此，诗人还是作出了客观的估计：他重视"混沌"，歌颂它的破坏力和创造力，把它写得比他所习见的那个画帷世界更坚实有力。我们从邦奇－布鲁耶维奇的回忆录中，可以看到列宁对丘特切夫这一特点的论述："弗拉基米尔·伊里奇……所特别重视的一个诗人是丘特切夫。他非常欣赏他的诗。一方面，他很理解他是来自哪一阶级的，而且完全精确地估计到了他的斯拉夫主义者的信念、心情和体验；但另一方面，他谈到了这个天才诗人的原始的反抗性，恰恰是预感到当时在西欧业已酝酿成熟的伟大事件的到来。"

三

在十八世纪末和十九世纪初，欧洲的浪漫主义作家和诗人都或多或少带有泛神论的倾向。在当时，泛神主义打破旧的宗教观念，把对神的崇拜引导到物质的自然界和现世上来，是具有一定的进步意义的。不过它在革新人的精神世界的同时，又制造了另一个上帝来束缚它，归根结底并未脱离唯心主义的范畴。

歌德、拜伦和丘特切夫都写出过一些带有泛神主义色彩的诗，但是由于他们所处的时代和社会环境不同，各人的感受和动机不同，他们的诗歌的现实内容也就各异其趣。丘特切夫的诗通过泛神主义表现了他的奔放的心灵。他希求生活的美满和丰富，渴望扩展自己的心灵，享受现世所能给予他的一切。通过泛神主义，他表现了对生活和自然界的热爱。在他和自然景物的某一瞬息的共感中，他往往刻绘出了人的精神的精微而崇高的境界。

在《漂泊者》中，他指出广大的世界是人的惟一财富，人只有在这一"气象万千"的"奇妙世界"中去体验生活，才能得到"启示、教益和喜悦"。但是如何可以做到这一步呢？那就是，首先他必须成为"宙斯悦纳"的"贫穷的香客"——朝拜异教的神宙斯，这意味着摆脱基督教会的信仰；至于要变为"贫穷的"，这里就可能有许多涵义。在《"不，大地母亲啊"》里，有如下几行是可以作为提示的：

> 你忠实的儿子并不渴求
> 那种空灵的、精神的仙境。

比起你，天国算得了什么？

还有春天和爱情的时刻，

鲜红的面颊，金色的梦，

和五月的幸福算得了什么？……

从这里可以看到，"贫穷的香客"、"无家可归的流浪者"所要抛弃的是什么——那是空虚的精神世界，无结果的梦，理智和情感的游戏，也就是诗人所熟悉的上层阶级的"文明"生活。他看到它的空虚，所以要求抛弃它而去追寻一种更充实的生活：

通过村庄、田野和城市，

他的道路无比光明——

整个大地任随他步行，

他看见一切并称颂上帝！

这里所呈现的，是一颗多么蓬勃的心灵。它不怕去开辟草莽的道路，而且以此为乐。这颗不断扩张的心不但能接受风暴、雷雨和海浪，也能和任何自然现象起共鸣。无论诗人看到了什么——或是白鸢从林中草地飞起，或是杨柳对溪水频频垂下头，或是山溪向谷中流去，或是秋日凋残的树林，或是山上落下的石头……这一切，由于诗人心灵的博大，似乎都变成了他自己的一部分。仿佛他的生命由于接触到这一切自然现象，而不断朝着新的边界伸展，从而获取了无限丰富的新的内容。我们读着他的这些诗，也禁不住和诗人一起感到精神生活的新的情趣，在心灵深处有了更精微的激动，而这是和是否信仰它的泛神主义完全无关的。

丘特切夫从泛神论观点出发，把人和自然结合为一个整体，这是他的写景诗的一大特色。屠格涅夫和托尔斯泰在小说中所使用的人景交融的描写手法，受到了这些诗篇的影响。诗人笔下的大自然有它自己的"心灵"、"自己的意志"、"语言"和"爱情"，常常被写成一个活的性格。例如《春水》一诗把春水写成到处报信的人，"五月"则像一群孩子似的跳起了环舞；《"冬天这房客已经到期"》把春天的降临整个戏剧化了；《"杨柳啊，为什么你如此痴心"》指出杨柳对溪水的单恋；"一八五四年的夏天"在诗人看来，竟是一个捉弄人的美丽的少女。此外，请看在《"凋残的树林凄清、悒郁"》《新绿》《"树林被冬天这女巫"》这三篇以树林为描写对象的诗中，这些树林都各自具有不同的性格、历史、遭遇和心情。这里虽然写的是自然，在我们看来，却好似写出了戏剧中的人物。再请看《"夏天的风暴是多么快活！"》《腊月的破晓》《"东方在迟疑，沉默，毫无动静"》《"夜晚的天空是这么阴沉"》等诗，其中是充满了多么紧张的戏剧冲突！仿佛诗人在向我们展示着历史上的重大时刻。这些作品虽然都是写景诗，然而它们句句饱和着思想，把自然和人类历史合而为一，在短短的十几行诗中，以惊人的丰富内容激荡着人的心灵。

丘特切夫生活在矛盾中，他既有积极处世的态度，也有消极的心情。对于泛神主义哲学，他的态度也是复杂的；由于他自己的蓬勃的心灵，他接受的是那种哲学的入世的精神；而对那一哲学的终极目的，即离开人世而走向"宇宙精神"，走向那个泛神主义的上帝，——他却有时甘愿、有时迟疑，有时甚至反对。

他这种复杂心情是可以理解。在贵族和资产阶级社会中，积极处世和面对生活的人，就必然接触到那个社会的黑暗、虚伪与庸俗，从而感到厌倦。因此，丘特切夫也写出一些心情消极的诗（如《"啊，多么荒凉的山林峭壁！"》《"尽管我在山谷中营着巢"》），渴望走出人世的"山谷"，去到能使他自由自在呼吸的"山顶"去。他向往于高山的，是它摆脱了"浑浊的气层"，"没有什么窒息心灵"，高山上的空气是爽神的。根据这种倾向，在《"紫色的葡萄垂满山坡"》一诗里，诗人企图把世界组织在泛神主义的理想中。

　　紫色的葡萄垂满山坡，
　　山上飘过金色的云彩，

河水奔流在山脚下，
暗绿的波浪在澎湃。
目光从山谷逐渐上移，
直望到高山的顶巅，
就在那儿，你会看到
圆形的、灿烂的金殿。

高山上不凡的居处啊，
那儿不见世俗的生存，
在那儿，回旋的气流
更轻快、空廓而清新。
声音飘到那儿就沉寂，
只能听到自然的生命；
一种欢乐在空中浮荡，
有如复活节日的恬静。

这篇诗的第一节，首先描写山谷的斑斓彩色和动荡。以后
目光逐渐移上去，我们就从自然，混沌的、无组织的自然，
过渡到"文明"，就是那"圆形的、灿烂的金殿"，生活的至
高理想。可是在那儿怎样呢？"那儿不见世俗的生存"，"声
音飘到那儿就沉寂，只能听到自然的生命"，这种存在虽然
被描写为一种幸福，一种新生，可是我们不能不感到它过

于空虚、沉寂，毫无色彩。诗人写到这里仿佛也失去了信心和力量。在另一处，他曾说到"高山的寒气"，足见他自己对这种理想生活，并不是抱着十分的热诚。

值得注意的是，诗人对于远离现实的生活理想曾有过激烈的否定。他管那想要到云端里去探索真理的人叫作"疯狂"。在名为《疯狂》的那首诗里，他指出，对于干旱渴雨的人（亦即寻求真理、寻求生活理想的人），雨水不可能来自云端，只有在地下才有"沸腾的奔流声"，只有依赖沸腾的生活，才有可能创造出一个新世界。所以诗人在最后说：

> 啊，流水在唱着摇篮曲，
> 并且喧腾地从地下迸涌！……

对于人的生活目的及性格发展，丘特切夫的诗表现着积极的关切，这是它时常涉及的主题之一。这一问题的提出，在当时俄国极端反动的统治下，具有特别的意义。当诗人由国外返回祖国的时候，给他印象最深的，就是祖国的死气沉沉。在他的诗中，"南方"和"北方"是对立的，"南方"对于诗人来说，不仅意味着某些地区（瑞士、意大利等地），也代表生气勃勃和光辉灿烂的生活；而"北方"则永远是和秋、冬，和心灵的沉郁与压抑相联系的。因为诗人在"北方"（俄国）看到的，不仅是风景死气沉沉，连人也是这样，在白日，人"只有蜷伏着做梦"，而这梦是"铁一般沉重"的。在俄国，即使有生命的浮动，那也只是——

　　好像热病患者的梦呓
　　惊扰这死沉沉的寂静。

　　至于西方资产阶级革命所提倡的"个人自由"，丘特切夫则称之为"虚幻的自由"（见《"在海浪的咆哮里有一种节拍"》），因为它使"我们感到和自然脱了节"，也就是说，它使人离开了美好的精神世界，并使他丰富的内心生活日渐枯萎。因此诗人感叹说："为什么在万物的大合唱里，这颗心不像大海一般高歌？或像沉思的芦苇那样低语？"
　　既否定了俄国的沉重的现实，又否定了西方的"个人自由"以后，丘特切夫给自己留下了一个问题，而提不出合理可行的答案。

四

　　丘特切夫的创作道路，反映了俄国诗歌由浪漫主义过渡到现实主义的道路。他早期的创作活动集中在二三十年代，自一八四〇至一八四八年的八年中几乎没有写诗。这期间他结束了长久的国外生活，和俄国的现实有了较多的接触，从此，他的诗便趋向于现实主义和民主主义。特别是在克里米亚战争（1853—1856）以后，他充分看到沙皇统治的腐败无能，感到了专制政体的必将灭亡，并随之对泛斯拉夫主义失去了热情。虽说他的世界观并未见有显著的变化，诗的题材和手法仍旧和前期大致相似，但是，即使在旧题材的基础上，我们也能看到一种新的倾向，即现实主义倾向，在他后期的作品中隐隐呈现着。

把诗人前后期所写的题材近似的作品拿来对照一下，比较容易看出他的创作的进展情况。一八三〇年的《秋天的黄昏》和一八五七年的《"初秋有一段奇异的时节"》，都是描写秋景的。前一诗的最后四行是：

> 一切都衰弱，凋零；一切带着
> 一种凄凉的，温柔的笑容，
> 若是在人身上，我们会看作
> 神灵的心隐秘着的苦痛。

这里说到秋日的景色带有"凄凉的，温柔的笑容"，是把自然拟人化了——这种浓厚的泛神主义色彩在第二首诗中已完全不见。此外，前一首诗里的秋景没有地域色彩，它带有普遍性；后一首诗却是描写俄国的景色和劳动者的，农民的秋天：

初秋有一段奇异的时节，
它虽然短暂，却非常明丽——
整个白天好似水晶的凝结，
而夜晚的天空是透明的……

在矫健的镰刀游过的地方，
谷穗落了，现在是空旷无垠——
只有在悠闲的田垄的残埂上
还有蛛网的游丝耀人眼睛。

空气沉静了，不再听见鸟歌，
但离冬天的风暴还很遥远——
在休憩的土地上，流动着
一片温暖而纯净的蔚蓝……

在这一首诗里，我们看到"矫健的镰刀"和"悠闲的田垄"，指出这个秋天是农民在辛勤的劳动和收获以后所取得的休憩的时光，这时光之所以美，其主要精神即在于此，而不是像前首诗那样，在于"一种凄凉的，温柔的笑容"。对秋景的美的这一重新估价，只有在诗人和农民有了比较深切的共感之后才能作出。他知道农民将要忍受"冬天的风暴"，因而在秋收以后、冬寒以前，"悠闲"的时光很短。这个非常短促的金色时光，它的轻灵的愉快感觉，以及俄国田野所特有的风味，都被诗人以如下这两行名句集中表现了出来："只有在悠闲的田垄的残埂上还有蛛网的游丝耀人眼睛。"这是多么精细的观察啊！若不是心灵贴近土地，这一细节是来不到诗人笔下的。苏联评论家曾指出：诗人用"水晶"来形容秋日，也非常恰当，因为水晶不仅美丽透明，而且予人以"脆弱易碎"和"短暂"的感觉，能把全诗的旨意点明出来。还值得注意的是，诗中的秋天，不是作为一个戏剧性的关头（如临死前的微笑那样），而是作为劳作与风暴之间的休整阶段，亦即作为一段毫不紧张的平凡的日子来写的。这表示诗人除了注目于自然和生活过程中"致命的"一刻而外，除了寻求戏剧性的场景、冲突的顶点而外，还能着眼于平时毫无浪漫色彩的现实，而且能如实地写出它的美来，这里也体现着一种现实主义的精神。

一八四九年丘特切夫所写的《"太阳怯懦地望了一望"》和《"静静的夜晚，已不是盛夏"》也有同样的特色。前一首诗以雷雨为主题，起始，也和其他这类诗一样，写着大自然的戏剧 —— 乌云、雷雨、电闪和田野如何构成紧张的一幕，使太阳怯懦地躲开了。可是，这首诗所不同的，是在写过雷雨之后，又写出一切恢复平静，太阳又从阴云下出现的情景。这表示诗人意识到，现实不仅有紧张的一刻，还有许多平凡的时刻；这表示他对事物的整个过程发生了兴趣，而不是仅仅注意那高潮的一刹那。《"静静的夜晚，已不是盛夏"》同样把平凡的景物作为歌颂的对象：

> 静静的夜晚，已不是盛夏，
> 天空的星斗火一般红，
> 田野在幽幽的星光下，
> 一面安睡，一面在成熟中……
> 啊，它的金色的麦浪
> 在寂静的夜里一片沉默，
> 只有银白的月光
> 在那如梦的波上闪烁……

这是诗人的另一篇名作，是许多选集所珍爱的一首小诗。乍看来，仿佛它只是对自然风景作了朴素的描写，人们不易察觉在这短短八行诗中，是蕴藏着多么丰富的思想！确实，这些思想并没有突现出来，因为被描写的对象本身在生活中就是不甚惹人注意的，不鲜明的，虽然它含蓄着崇高的意义。那是一片普通的田野，在七月的夜晚静静地安睡。这时没有白日的劳作与匆忙，也没有阳光赋予它以明媚和热力，可是就在这时，这片田野（它是人类生命的源

泉 —— 食粮的诞生地）并没有停止它的生命的进程，它一边安睡，一边还在继续"成熟"着，在梦幻中成长着。人们以劳动所播种和灌溉的生命，已经变成了自然的一部分，随着时序在向前进展。在这里我们看不到生命的顶点，甚至看不到它的运动，可是自然和历史却在表面的隐晦下向前运动着。这篇诗可以说是对人的劳动，对人与自然的平凡而又伟大的日程发出了默默的赞颂。

丘特切夫这一时期的现实主义和民主主义精神，还可见于这样一些诗中，如《给一个俄罗斯女人》《"世人的眼泪，啊，世人的眼泪！"》《"穷困的乡村，枯索的自然"》。这些诗表明诗人的视野有了扩展，能开始离开自己的感觉，触及到"我"以外的别人。《给一个俄罗斯女人》并不是一篇赠诗，因此不是专指某个人，而是泛指一般俄国妇女。它写出了俄国妇女所处的被压迫地位和不幸的生活。《"世人的眼泪，啊，世人的眼泪！"》描写被侮辱和被损害的人的悲哀。虽是短短的几行诗，它的情感和思想却远超出表面字句所传达的那些。由于字句的对称，舒缓的节奏，雨和泪的滴落似乎不可分，令人感到悲哀的广大和沉重。这诗的语言近似民歌，从而又暗示到那哭泣的人是什么人 —— 农民或近郊的流浪者。《"穷困的乡村，枯索的自然"》注意到社会的贫困问题，这贫困令诗人感到忧心，虽然最后他又以宗教概念把它的严重性冲淡了。

自一八五〇年起，诗人由于对杰尼西耶娃的爱情而写出的一些诗篇，统称为"杰尼西耶娃组诗"。这些诗很早以来即被认为是俄国诗歌中的杰作。它们以其心理刻画的深度和对社会的控诉，在情诗中独具特色，和诗人早期的情诗以及其他写景抒情作品都有显著的区别；以内容的性质来说，倒是和屠格涅夫、托尔斯泰及陀思妥耶夫斯基的社会心理小说更为接近。诗人在写作它们的时候，很少想到文学；他所以要写它们，是为了给自己的情感作一个严格的审判和记录。他带着沉重的心情，对于因为接受他的爱情而遭到不幸的女人，说出自己的罪责，并希望以此抵罪。如果诗人不是受到民主主义思想的影响，就不会感到他的爱情关系中的这种悲剧性；也不可能不顾自己的利益而如此大胆、如此精确地写出其复杂性，无畏地把自己的爱情置于被审判的地位，不断地质询它，要从自己的感情中找出真与伪，或哪些是合理的、哪些是有罪的。在这些诗篇中，当然也不乏单纯的喜悦或痛苦；但是就整体来看，它们的基调却是分析、解剖和推理，其中深挚的感情是和清醒的理性分不开的。

　　杰尼西耶娃组诗以《"请看那在夏日流火的天空下"》为开始。这第一首诗就确定了沉思和反省的调子。在这首诗里，诗人自比为一个在烈日下踯躅于大路上的乞丐，他渴求花园中的清凉亭荫——爱情，却又觉得自己没有权利得到它。他向所恋的人发出了恳求，这恳求虽然是热情而大胆的，却也是迟疑的，因为它通过了内心的反复思考。一年以后，他写了另一首献给她的诗《"你不止一次听我承认"》，又提到"我比她是多么贫穷"，仍旧充满自愧的感觉，反省的调子。

俄国心理小说基本上是社会问题小说。"杰尼西耶娃组诗"也有着社会的主题，因为它所触及的妇女问题正是当时一个尖锐的社会问题，在涅克拉索夫的诗和托尔斯泰的《安娜·卡列尼娜》中都有所反映。而丘特切夫刚从自己的爱情关系上触到了这一问题，他深深感到了由于男女社会地位不平等而产生的爱情悲剧。他看到：他和杰尼西耶娃虽然都是自愿进入一种"非法的"爱情关系中，并因此而受到社会的谴责，但男女所承担的重量不同；男子有可能随时摆脱这种沉重的命运，女子却不能不毕生承担其后果。一般浪漫的爱情词句在这儿是不适用的，诗人不愿意以它来欺人自欺；他要把那美丽的帷幕揭开，指出这爱情的实质。因为使他感到可怕的是，当女子失去名誉和社会地位以后，她就落入所恋的男人的掌握中；男人不仅对她占有优势，而且在社会生活中，他所忍受的牺牲也比女子少得多。更使诗人困惑的是：虽然两人都被排斥在社会以外，但由社会规定的那种不平等关系和男子的优越感，却仍旧不自觉地出现在他们两人之间；他必须和自己的意识不断做斗争，才能使他们的关系摆脱既定的旧轨道，走上合乎理想的新途径。

就是这样，"杰尼西耶娃组诗"由爱情生活的冲突而透露出社会的内容。另一方面，它细腻地刻绘了日常生活的现实图画，这也是和诗人早期诗作有别的一点。在早期诗作中，无论对自然或对生活的描绘，都带有一般性；从中只能见到感情或色调的渲染，而不见事物的细节。但在这组诗里，生活的现实感变浓厚了。我们从这里能看到具体的人和具体的情节，细微到连日常琐事都包括在内。《"我见过一双眼睛 —— 啊，那眼睛！"》给杰尼西耶娃绘出了一幅肖像。《"你不止一次听我承认"》使我们看到她生了一个女儿，并如何摇着婴儿的摇篮；而且我们知道，这婴儿还没有命名。《"她坐在地板上，面对着"》写得更入微，把他们生活中一次极平常的事写成了诗。诗人告诉我们，她如何坐在地板上整理旧信，把它们看一看就掷在废纸筐中，而这使他感到悲哀，很想为逝去的生命向她求情。最后，从《"一整天她昏迷无知地躺着"》一诗中，我们知道了她临死时的一切细节。总之，这一组诗不仅使我们认识了杰尼西耶娃这个活生生的人，而且从许多琐事上看到了他们的爱情的进程。

《"我们的爱情是多么毁人！"》《命数》《孪生子》这几首诗着重写了他们的爱情的悲剧性：这悲剧既是社会的，

也是心理的。它的可悲不仅在于不幸的结果，而且更在于这结果原来是出于善良的愿望，这种愿望不知如何受到了事态进程的歪曲，使结果适得其反。谁想得到呢？他所爱的人终于被爱情所害，似乎竟是人力所不能扭转的！因此诗人谈到他们的一见钟情是"致命的会见"，是"命运的可怕的判决"。在《命数》一诗中，他揭示出这种爱情的残酷的本质，所用的比喻尖刻、冷峭而奇突，以致这比喻成了今日俄文中的成语了：

两颗心注定的双双比翼，

就和 …… 致命的决斗差不多 ……

爱情的结合竟好似"致命的决斗"，这是多么惊人啊！在《孪生子》中，诗人还把爱情和自杀同等看待。这里有力地表明，那是多么残酷的力量把爱情歪曲成了这样，社会的因袭势力是怎样破坏着一种美好的关系！这破坏力不仅来自外界，也来自恋人的内心。《"别再让我羞愧吧：我承认你的指责！"》所表现的正是这样一种情况：男主人公从心理上自居于优越的地位，以达到"被爱"的自私目的为满足；等对方予以指出时，他才羞愧地意识到这一点，并从而感到自己的不幸多于对方的不幸，因为相形之下，他未能像对方一样"爱得真挚、热情"。这种痛苦，自然已经使主人公超越了那一社会的道德准则，但却仍旧是那一社会的产物。

对于普希金以前的诗人，包括早期的普希金在内，情诗的主题不超出单纯感情的范围：恋人们只知有一种不幸，那就是他或她的爱情得不到响应，或是彼此不能接近。可是在"杰尼西耶娃组诗"中，恋人们却是从爱情的快乐中看到不幸，从彼此的接近中看到彼此的敌对。这些诗把爱情关系和社会关系结合起来，使人看到整个邪恶的生活，这就是它们所以深深感人的原因。

五

丘特切夫的诗就其艺术手法来说，有其鲜明的独创性。苏联的研究家曾指出他的继承传统的一方面，例如，德国浪漫主义诗人，特别是海涅和歌德，对他有不少的影响；从俄国文学发展的观点来看，他在有些方面也是继承了茹科夫斯基和杰尔查文的传统，并加以发展的。但这一切都掩盖不了一个事实，即丘特切夫有着他自己独创的、特别为其他作家所喜爱的一种艺术手法 —— 把自然现象和心灵状态完全对称或融合的写法。

在丘特切夫的诗中，令人屡屡突出感到的，是他仿佛把这一事物和那一事物的界限消除了，他的描写无形中由一个对象过渡到了另一个对象，好像它们之间已经没有区别。

在普希金的诗歌里，事物是按照其本质的区分而被描写的。当普希金写出"海浪"这个词时，他的意思就是指自然间的海水；可是在丘特切夫笔下，"大海的波浪"（见《"哦，我的大海的波浪呀"》）就不只是自然现象，同时又是人的心灵。请看他的《波浪和思想》：

> 思想追随着思想，波浪逐着波浪，——
> 这是同一元素形成的两种现象……

海浪和心灵仿佛都被剖解，被还原，变成彼此互通的物质。《"世人的眼泪，啊，世人的眼泪！"》也一样，使雨和泪的描写不可分。丘特切夫在语言和形象的使用上，由于不承认事物的界限而享有无限的自由；他常常可以在诗的情境上进行无穷的转化，在同一首诗中，可能上一句由"崇高"转到"卑微"，由心灵转到物质，下一句又转化回来。这样，一首诗就可能有无穷的情调，和极为变化莫测的境界。

在这方面，《海驹》这首诗是极为特出的。初看时，它的一切语言都是用来描写一匹真正的马；可是，等我们读到结尾一句话时，才突然扭转了过去的全部印象，发现它竟是描写海浪的，原来被看作平凡的写实的语言，这时就变

为非常诗意的了，写实和象征这两种境界同时并存，互相
转化。这一切是因为诗人把马和海浪平行地描写下来，赋
予了它们以一系列相似的特征。但本诗是否到此为止呢？
还没有！因为我们还看到，它不仅仅是描写马和海浪而已，
并且还在描写着更高的境界——人的心灵，人的性格。加
入这一个因素以后，再读一遍，我们就会不仅想到马和海
浪，还想到一个热烈生活的奋不顾身的人，他朝着自己的
理想冲去，直冲到——

   就变为水花，飞向半空！……

啊，这时我们的感觉和前一遍读时又是多么不同！如果仅
仅当作描写马或海浪，读至这一句话，能感到奋力的欢乐
和轻快；但若是当作描写人的心灵来看呢，心灵碰到现实
（石岩）而粉碎为水花，那就是悲剧，是只能令人感到沉重
的。由此看来，这一首诗写出了多少情境，多么繁复的感
觉啊！

  由于外在世界和内心世界的互相呼应，丘特切夫在使
用形容词和动词时，可以把各种不同类型的感觉杂糅在一
起。在译文中，译者也力图保留原作的这一特点，但由于
两种文字的根本差异，有些在原文中极为新鲜突出的词，
在译文中却不易感到。如原文中的"дымно-легко"，译成

中文的"烟一般轻",并不觉得怎样新鲜。再如原文中用"росисто"（意思是"多露水"）来形容山谷的蜿蜒，中文却根本直译不出来。虽说如此，我们还是可以看到诗人在语言使用上的特征。例如，他说阳光发出了"洪亮的、绯红的叫喊"，这里阳光属于视觉，却用听觉"洪亮的……叫喊"来形容；"叫喊"本身属于听觉，却用视觉"绯红的"来形容。又如这样一句话："她们以雪白的肘支起了多少亲切的、美好的幻梦"，"支起"本来是对实物使用的动词，在这儿却用于空灵的"幻梦"了。又如诗人对"幽暗"曾使用过各种形容词，说它"恬静"、"沉睡"、"悄悄"、"悒郁"、"芬芳"，可以看出，这里是杂糅了许多种感觉的。

这种被称为"印象主义"的艺术描写，再加上丘特切夫诗歌中的某些神秘的唯心哲学，以及某种可以解释为颓废的倾向（如"我爱这充沛一切／却隐而不见的'恶'"），使十九世纪末的俄国象征派诗人把他视为象征主义诗歌的创始者。可是，丘特切夫的艺术手法，并不是有意地模糊现实的轮廓，或拒绝描绘现实，像后来象征派诗歌所做的那样。他在自己的许多描写自然和心灵的作品中，是和当代的现实主义潮流相呼应的。他的诗歌在一定程度上正面反映了时代的精神，这却是俄国象征派诗人所不曾看到、更没有继承到的优良传统。

丘特切夫被称为"诗人的诗人"，或诗艺大师。和他同时代的诗人费特曾指出，俄国诗歌在丘特切夫的诗中达到了空前的"精微"和"空灵的高度"。屠格涅夫在写给费特的信中说："关于丘特切夫，毫无疑问：谁若是欣赏不了他，那就欣赏不了诗。"列夫·托尔斯泰对诗人更是推崇，认为他高于普希金，并且说过："没有丘特切夫，我是活不下去的。"陀思妥耶夫斯基认为他是"第一个哲理诗人，除普希金而外，没有人能和他并列。"说来奇怪，《丘特切夫全集》是小小的一本书，诗人在长达五十多年的写作生活中，只留下了三百多篇短诗，其中除去五十多篇译诗和许多较差的政治诗和酬应之作外，有意义的作品不及二百首（本书译出一百二十八首），还不论其中有许多篇，在构思和意境上好像是互相重复似的。以如此少的作品而获得如此崇高的声名和如此深远的影响，这不能不归功于他的诗所特具的力量。革命民主主义批评家杜勃罗留波夫在对丘特切夫的评价上曾作过精辟的提示，和前面所引证的列宁的评语一起，可以作为我们研究诗人的指针。在《黑暗的王国》一文中，杜勃罗留波夫说过："根据作家洞察现象的本质时有多么深，和他在自己的描写中掌握生活的各个方面有多么广来判断，人们也就可以决定他的才能有多么大。若不这么做，一切都是空谈。举例说吧，费特君有才能，丘特切夫君也有才能：怎样来决定他们之间相对的意义呢？毫无疑问，没有其他办法，只有来考察他们每个人所达到的境界。那么，我们就能看出，前者的才能只能在面对平静的自然现象时获取浮光掠影的感印方面发挥全部力量；而后者呢，除了那以外，却还有炽热的激情、严峻的力量和深刻的思想，这种思想不仅是由自然现象，并且还是由道德问题，由对社会生活的关心引起的。对这两位诗人的才能的评价应该就包括在这一切的揭示中。那时候，读者即使没有任何美学的（通常是极为含糊的）评论，也会理解到这一诗人或那一诗人在文学中占有怎样的地位。"

一九六三年三月